側妃は捨てられましたので

登場人物紹介
クリスティーナ・フィンブル
国を支えてきた優秀な側妃。
ランドルフを愛そうとしていたが、
もはや愛想も尽き果てて
国と実家を飛び出す。
ディラン・ライオネス
辺境伯であり、
クリスティーナの新たな雇用主。
女性嫌いだったが、
クリスティーナの熱意に
だんだんほだされていく。

アンドレア・フィンブル
クリスティーナの父。
国王から追放された
彼女を軽蔑していたが――
ルイード
グリフィス王国の大臣。
国を支えてきた
クリスティーナに敬意を持つ。
エドワード
グリフィス王国の近衛騎士。
異常な愛情を
クリスティーナに抱いている。
マーガレット
グリフィス王国の正妃。
愛らしい外見だが、
とても悪辣。
ランドルフ・グリフィス
グリフィス王国の若き国王。
マーガレットの言葉を信じ、
クリスティーナを廃妃にしたが……

プロローグ

「側妃など、この国にはいらないだろう」

王座にもたれる国王陛下が放った突然の一言に、ピタリと周囲の動きが静止する。

陛下の身を守る衛兵、雑務をこなしていた使用人達が一斉に陛下を睨んだ。

しかし陛下に提言することのできない彼らは、当の本人が気付く前に仕事へと戻っていく。

聞き耳だけは立てたまま……

「い………いらないとは？　ランドルフ陛下」

その中で唯一、ランドルフ陛下に意見できる大臣の私だけが、冷や汗をかきつつも再度確認する。

本当におっしゃっているのか？　と確かめるためだ。

しかし陛下は、不思議なものを見るような目をして首を傾げた。

「耳が遠くなったか？　側妃はいらないと言ったのだ。あの女はごくつぶしと変わらん」

変わらない返答に、周囲は諦めを含んだため息を漏らした。

皆が陛下の言葉に、そんなはずがないと思っているのだろう……私も同じだ。

額に滲《にじ》む冷や汗をそのままに、私は陛下に語り掛けた。

「お考え直しくださいランドルフ陛下……クリスティーナ様は、ごくつぶしなどという言葉とは無縁のお方です。側妃である事を許容していただいている時点で、あの方に感謝すべきなのですよ」

「貴様、俺が間違っているとでも言うのか？　クリスティーナは妃《きさき》としては不十分だ。愛するマーガレットに比べて、あまりにも不出来な女ではないか！」

ランドルフ陛下の言葉には困惑してしまう。側妃のクリスティーナ様が、正妃のマーガレット様に劣ることなど、いくら探しても思い当たらないのだから。

「どうか考え直してください。クリスティーナ様の廃妃など、我らは受け入れられません」

「はっ……貴様らの許可が必要か？」

「クリスティーナ様は、側妃となっても貴方を支えてくれたのですよ？」

「黙れ、クリスティーナが俺を支えただと？　マーガレットの方が、ずっと俺を愛して支えてくれているではないか。ろくに仕事もできない、役立たずの側妃と違ってな！」

ランドルフ陛下への憤慨《ふんがい》を胸の中でなんとか押しとどめ、説得を続ける。

そもそも陛下がクリスティーナ様に下す、「役立たず」という評価が大きく間違っているのだ。

クリスティーナ様……彼女は幼い頃に正妃候補として選ばれ、親元から離された。

周囲は幼い彼女に次期正妃としての期待を向け、失敗が許されない環境に身を置かせたのだ。

だが、その重すぎる期待を裏切ることなく、彼女は知識を蓄え、多くの功績を打ち立てた。

貧困地域への農業支援や、養護施設を増やす政策の樹立。

これらは全て、彼女が陛下のために研鑽を怠《おこた》らず、経験を積んできたからこその成果だ。

しかも、それだけの功績を挙げても彼女は決して驕《おご》らず、妃《きさき》としての立場も気にせずに民達とも親密な交流を重ねていた。

そんな彼女が居たからこそ、ランドルフ陛下は即位以前から絶大な支持を得ていたのだ。

なのに、当の陛下は彼女をあっさりと切り捨てた。

どこで見初《みそ》めたのか……陛下は即位と共に、男爵令嬢のマーガレット様を突然正妃に迎えたのだ。

曰く、哀れにも辺境伯領で手籠《てご》めにされかけていた彼女を救いだし、悲劇の令嬢を妃《きさき》としたという。

だが、当のマーガレット様は品性の欠片《かけら》もなく王妃教育を受ける気もない。

クリスティーナ様と比べるまでもない姿に、周囲は当然彼女を正妃にすることを反対したが、陛下は聞き入れなかった。

そんな不義理を犯した陛下には、今もなお疑念の目を向ける貴族が多い。

それでもランドルフ陛下が不自由なく過ごせているのは、側妃となっても政務を積極的に行うクリスティーナ様の支えがあるからこそだ。

そんな彼女を王宮から追放すれば、王家への支持は跡形もなく消え去るだろう。

「陛下、せめてクリスティーナ様の功績をご確認ください。決して役立たずなどと蔑むような評価はできぬはずです！」

「虚言を吐くな、俺の調べでは、あの女はむしろ国民の反感を買っているのだろう？」

「……は？　なにを言っているのです？　クリスティーナ様は――」

「話し合う気はない。役立たずの側妃は廃妃にしろ。国費は有意義に使うべきだ!!　国王たる俺にろくも顔を見せず、仕事もできぬ側妃を食わせるために、民は税を払う訳ではない！」

自分から裏切っておきながら、会いに来ないから捨てる。

そしてクリスティーナ様への評価も間違っており、それを正そうとしても話を聞かない。

陛下のあまりの言い草に、思わず声を荒らげた。

「陛下！　クリスティーナ様と一度お話ししてください！　彼女は貴方のために……」

「黙れ！　これ以上の問答は不要。廃妃は決定事項だ！」

そう言って、ランドルフ陛下は私に出ていくように手で仕草する。

あまりにも身勝手な姿に、大きなため息と共に渋々と頷いた。

この方にはなにを言っても無駄だと悟ったのだ。

陛下を説得できない無力感に悲嘆しつつ、私は重い足取りでクリスティーナ様の待つ部屋へ向かう。

いつもと変わらぬ道なのに、切り立った崖を登るかのように向かうことを身体が拒《こば》む。

衛兵や使用人達は、こちらに同情の視線を送った後、ランドルフ陛下を睨み続けていた。

しかし本人は周囲からの反感に気付くことなく、満足げな笑みを浮かべたままだった。


「申し訳ありません……クリスティーナ様」

私はクリスティーナ様へと頭を下げ、先のでき事を全て伝えた。

ランドルフ陛下を支え続けてきた彼女にとって、それがどれだけ残酷な宣告か、想像もできない。

だが、彼女は凛とした表情を一切崩さず、毅然《きぜん》とした態度を貫き続ける。

涙を見せることなく話を聞き終えると、「はぁ……」と小さくため息を吐き出した。

その吐息で、艶《つや》やかな銀色の髪がわずかに揺れて、透き通るような蒼い瞳が潤む。

秀麗で思わず見惚れてしまう美しい顔にわずかな悲壮を浮かべ、クリスティーナ様は呟いた。

「分かりました」……と。

涙を流さぬように唇を噛み、悲しさを押し殺すよう絞り出された声に、私は再び深く頭を下げた。

第一章　役立たずの側妃でしたか？

「そちらは捨ててください」

「は、はい……分かりました」

私——クリスティーナは、本日をもって廃妃となった。

言い方を変えれば、ランドルフに捨てられてしまったのだ。

今は王宮を出ていくために側室の荷物を整理している。今日中には実家であるフィンブル伯爵家へと戻るため、休む暇はない。

指示を出しつつ、わずかばかりの衣類を自分でもトランクに詰めた。

侍女達は私が作業をするのを止めようとするが、自分で作業をした方がむしろ気楽なのだ。

一人になって考え込めば悲しさがこみ上げてくるので、今は地味な作業も有難い。

「クリスティーナ様、こちらの処分はどうしますか？」

それでも、問いかけてきた侍女が持つ物に、思わず涙が流れてしまいそうになる。

危ない……泣くのは駄目だ。

余計な心配をかけぬために涙を堪え、侍女が差し出した物を受け取る。

それは、三つ葉のクローバーの押し葉を使った栞だった。

通常なら四つ葉で作るものだが……これが三つ葉なのには理由がある。

思い出すのは、十歳になった頃、ランドルフに見初《みそ》められて婚約が決まった時の事だ。

『ランドルフ様と結婚すれば必ず幸せになれる』と両親に強く言われ、意味もよく分からないまま婚約を受け入れて正妃教育が始まった。両親から引き離された王宮で、幼い私は当然ながら孤独感に襲われ……現実から逃げるように本を読んで塞ぎこんでいた。

当時、本の虫となり誰とも話さぬ私に、周囲は次代の妃《きさき》への不信感を抱いていたと思う。

そんな時、ランドルフがこの三つ葉の栞を持って来てくれたのだ。

『本が好きならこれを使うといい』

そう、幼き頃にランドルフへ恋をしたのは、この栞のおかげだった。

手渡してくれた彼の笑みが眩しくて、閉じこもった私の手を引いてくれた優しさに心が惹かれた。

それから、彼と過ごす時間は幸せだった。

お互いが顔を赤く染めながら、気持ちを伝え合って手を繋いだこと、こっそりと王宮を抜け出した時や、初めてキスをした瞬間も全て幸せだった。

そして私が王妃教育を終える頃に、彼が言ってくれたのだ。

『いつか、君への感謝の証として四つ葉を栞にして渡すよ』と。

――ランドルフ……私はずっと貴方が四つ葉を見つけてくれると信じて頑張ってきたのに。

「大丈夫ですか？　クリスティーナ様」

はっと顔を上げれば、いつしか涙が頬を伝っていた。

油断すればすぐに感傷的になってしまう、いっそ彼との記憶など消してしまえれば楽なのに……

叶わぬことを考えつつ、侍女を安心させるために精一杯の笑顔を見せる。

「大丈夫よ。そうですね、この栞は……」

「――失礼します、クリスティーナさん」

その時、誰かが部屋へと入ってきた。その人物に次々と侍女達は頭を下げるが、その瞳は警戒しているように見える。私も視線をその人物に向けて、内心でその理由に頷いた。

「マーガレット……どうしましたか？」

そこに居たのは、ランドルフの正妃であるマーガレットだった。

真っ赤な髪を揺らし、黒色の瞳で私を見つめている。

マーガレットは私が王妃教育を終えて数年後、ランドルフが周囲の反対を押し切って正妃にした女性だ。

私は彼女について、実はよく知らない。ランドルフは彼女を迎えてから、私を遠ざけ始めたからだ。

しかし、侍女達から聞く彼女の評価は良くない。

彼女の悪行を実際に目にしたことはないけれど……その評価を思い出して身構えてしまう。

だが私の警戒に反して、彼女は黒い瞳に涙を浮かべて深々と頭を下げた。

「ごめんなさい……私がランドルフを説得すれば、貴方が王宮に残っていただくこともできたのに」

聞いていたよりもしおらしい姿に驚いた。やはり噂というものは当てにならないようだ。

謝る彼女に、できる限り毅然《きぜん》と微笑むように心がける。

「大丈夫です。ランドルフが決めたことですから……素直に従いますよ」

「私が彼を奪ってしまいましたね……クリスティーナさんを想うと、心が張り裂けそうに辛くて」

ポロポロと涙を流す彼女へと、首を横に振って否定する。

「貴方のせいではありません、単純に私がランドルフに選ばれなかっただけですから」

「クリスティーナさん……」

「気に病む必要はないわ。どうかこれから幸せに過ごしてください」

本心から、そう言えたと思う。

ランドルフへの気持ちが消えた訳じゃないが、ここで惨めに喚いても変わらない。

ならば私は最後まで落ち込む姿など見せずに王宮から去ろう。

そう、改めて思いなおした時だった。

「――ちっ……」

聞こえた舌打ちに思わず視線を上げるが、マーガレットは何事もなかったように涙を拭っていた。

それから、距離を詰めて、私の手を握ってくる。

「なんて寛大なお言葉……！　そう言っていただけると嬉しいです！」

「え、ええ」

確かに舌打ちが聞こえたと思ったが、気のせいだろうか。

目の前で笑う彼女から、そんな陰険な雰囲気は感じられない。

私が戸惑っている間に、彼女は部屋の中をぐるりと見まわした後、私の手の中を見て微笑んだ。

「あ、それ……ランドルフからの贈り物ですか？」

マーガレットが指さしたのは、三つ葉の栞だ。

折れぬよう大事に持っていたので、ランドルフからの贈り物と気付いたのかもしれない。

「そ、そうですが……」

――そう答えた瞬間だった。

マーガレットは私から栞を奪い取り、ビリビリと軽快な音を鳴らして引き裂いた。

何が起こっているのか理解できず、言葉も出ない。

あまりにも突然に、彼との思い出が……ためらいもなく引き裂かれたのだ。

呆然と立ち尽くしていると、マーガレットは先程と変わらない笑顔のまま呟いた。

「ランドルフとの思い出の品や、もらった物は全て捨てなさい。貴方はもう妃《きさき》ですらないのだから、未練まみれに思い出を残すような事はしないでよね」

「マーガレット……？」

「これは命令よ？　廃妃になったくせに未練がましくランドルフを愛されると迷惑なの」

残酷な言葉の数々が、私の心を深く抉《えぐ》っていく。

息が上手くできなくなって目を見開くと、マーガレットは愉快そうに嗤《わら》った。

その表情に、先程までの殊勝な態度や言動は、全て偽りだったのだと気付く。

「わかった？　貴方は私の魅力に負けた惨めな女なの。諦めて王宮を去りなさい」

ここまで言われて、言い返せない。私がランドルフに選ばれなかったのは紛れもない事実だ。

諦めに近い感情を抱いてしまい、頷こうとした瞬間――意外な人物が声を上げた。

「ふ、ふざけないでください!!　クリスティーナ様が貴方に劣っている所などありません！」

「っ!?」

それは、今までのやり取りを見守っていた侍女の一人だ。

彼女は一歩踏み出して、マーガレットへと詰め寄る。

「クリスティーナ様は貴方と違い、この国のために王妃の務め以上の功績を残してきました！」

「は、はぁ？　侍女風情がなにを……」

「貴方は一度でも……不作の地で飢えに苦しんだ民へ、手を差し伸べたことがありますか？」

「だ、黙りなさい！　私の許可なく話すなんて無礼な侍女ね！」

「他にも、養護施設の子供達のために寄付や慰問をされたことがありますか？」

マーガレットへと怯むことなく、侍女は次々と言葉を重ねていく。

「な……何が言いたいのよ？　そんなこと、誰でもできるわよ！」

「クリスティーナ様は、ランドルフ陛下の政務まで引き受けておりました。その忙しさの中で……絶やさずに、それらを行っていたのですよ」

一人の侍女を皮切りに、他の侍女達も口々に私を庇ってくれる。さらには、外で様子を聞いていたらしき衛兵達までが部屋の中へやってきて、私を守るように立ってくれた。

「な、なによ、貴方達！　不敬よ！　私は事実を言っただけ。ランドルフに選ばれたのは私なの！」

どこか怯えたように叫ぶマーガレットへ、衛兵が答える。

「クリスティーナ様は陛下に望まれなくとも……我ら民に最も望まれているお妃《きさき》様です」

「っ!?」

「不敬だと罪に問われようと、申し上げます。我らは……真にこの国の正妃に相応しいのはクリスティーナ様だと信じております」

「みんな……」

共に過ごしてきた皆の言葉に胸が打たれ、ついに涙がこぼれる。

側妃として過ごしてきた日々が無駄ではないと、皆が言ってくれた事が嬉しくて。

民に望まれた妃《きさき》——なんて、光栄なことだろうか。

だが、彼らの言葉を聞いたマーガレットは、苛立ちを知らせるように舌打ちをした。

「はぁ……苛つくわ。雑用ごときが、私よりもクリスティーナの方が妃《きさき》に相応しいと言うの？」

マーガレットは呟きながら、最初に口を挟んだ侍女へと歩み寄る。

「生意気な侍女は教育してあげるわ。不敬な言葉を吐いた貴方たちの考えを変えてあげる。痛みを与えれば、すぐに分かるわよね？」

マーガレットは平手を振り上げる。

「私に口を挟んだこと、後悔させてあげる！」

「っ!! やめなさい！ マーガレット！」

しかし暴力を見過ごせるはずがない。私は咄嗟にマーガレットの手を止めた。

だが、それが彼女の逆鱗に触れたようだ。

「あぁ……むかつく。惨めな女ごときが、私の動きを止めないで！」

「マーガレット！ 彼らに暴力を振るうなど、絶対に許しません」

「うるさいわね。なら……惨めな貴方ごと、私への不敬の罪で牢獄に入れてあげるわ！」

マーガレットは身勝手な言葉を吐き、私達を嘲笑った時だった。

「マーガレット様。誰に許可を得て……そのような事を言われるのですか？」

「なっ……」

聞こえた言葉に振り返れば、私の部屋へと、王国の大臣であるルイード様がやってきていた。

この王宮内ではランドルフにも並ぶ影響力を持つ彼に、マーガレットが戸惑いの声を漏らす。

「な、なんで……ここに？」

「恩義のあるクリスティーナ様へ挨拶に来たのです。それよりも、先の牢に入れるとの発言は、誰の許可を得ての発言なのですか？」

ルイード様は老齢を感じさせない鋭い眼光でマーガレットを射貫く。彼女は怯えつつ答えた。

「こ、この者達は、私よりもクリスティーナの方が妃《きさき》に相応しいと侮辱したのよ！　許されないわ！」

「事実でしょう？」

「は……はぁ⁉」

驚くほどあっさりと、マーガレットが妃《きさき》に相応しくないとルイード様は認めた。

動揺している彼女を気にする素振りも見せず、ルイード様は言葉を続ける。

「クリスティーナ様ほど妃《きさき》に相応しいお方はおりません。政務だけでなく、民との交流を多く重ねて支持を集めていた姿に、文句などあるはずない」

ルイード様の言葉からは、確かに感謝が伝わってくる。

私を認めてくれている想いが、一つ一つの言葉に込められているのだ。

「ふ、ふざけないで！　国王のランドルフがクリスティーナを役立たずと評価しているのよ⁉」

「我らはそれが不当な評価だと思っているのですよ」

言い切ってくれたルイード様と、同調して頷いてくれる周囲の皆に胸が熱くなる。

嬉しさで満たされた私とは真逆に、マーガレットは悔し気に表情を歪ませた。

そして再びなにかを言おうと口を開いたが、寸前でルイード様が睨みつけた。

「マーガレット様、再度質問いたします。事実しか申していない彼らを、誰に許可を得て罪に問うというのですか？」

「な……」

「もしも彼らを罪に問うのなら、それはクリスティーナ様を侮辱したと同じです。到底許されぬ行いだと、お分かりでしょうか？」

威圧を放って言い切ったルイード様に、マーガレットは声を震わせた。

「も、もういいわ。あんたたちが何を言おうと、この女の廃妃は決定事項なのだから！」

威勢の良さは残しつつも、マーガレットは逃げるように早足で去っていく。

訪れた沈黙の中、私は皆へと頭を下げた。

「——ありがとうございます。皆さん」

自然と、心から感謝の言葉が漏れる。

「……皆に、なんとお礼をすればいいか」

「いいえ、我らこそ……クリスティーナ様に返すべき恩がまだまだありますから」

「恩……？」

ルイード様の言葉に首を傾げると、最初にマーガレットに立ち向かった侍女が大きく頷いた。

「私が妊娠した時、クリスティーナ様が育児休暇制度を作ってくれたこと、とても感謝しています」

「俺も、衛兵の訓練の厳しさにめげた時、貴方の励ましの声で何度も立ち上がれました！」

私も、俺も……と言ってくれる内容は、妃《きさき》としてやるのは当然だと思っていることばかりだった。

けれど、何気なく続けていた行動を皆が喜び、認めてくれていた事を知っていく。

皆のお礼に包まれる中、ルイード様が代表するように前に出て、頭を下げた。

「クリスティーナ様、貴方は紛れもなく我らが望む王妃でした。だからどうか……自身のことを卑下なさらないでください。廃妃が妥当であったなど、思わないでください」

「ルイード様……」

「我らは貴方が望むのなら国さえ敵にしてもいい。そう思える程に感謝しているのです」

ルイード様の告げたのは反逆にも近い言葉だ、けれど異を唱える者は誰もいなかった。

「……ありがとう。みんな」

皆を見て、妃《きさき》としての日々を卑下していた自身の気持ちを恥じる。

こんなにも認めてくれる人達がいるのに、私がランドルフの言葉通りに妃《きさき》としての日々を無駄だと思うのは、彼らに失礼だったことに気付けた。

「クリスティーナ様。廃妃という結果を招いてしまい、本当に申し訳ありませんでした」

「ルイード様のせいではありません。気になさらないでください」

「贖罪《しょくざい》にもなりませんが。貴方に困った事があれば……我らをどうか頼ってください」

ルイード様、そしてその場にいた者は皆が礼をする。それは国王にとるべき礼だった。

皆が忠義を示し、私の手助けを願ってくれているのだ。断る理由なんてない。

「ありがとうございます。いつか……必ず頼らせてくださいね」

「はっ!!　我らの忠義は……常にクリスティーナ様へ」

皆の礼に、私も頭を下げてお礼を告げた。

その後、皆に認められた嬉しさで悲しみは消え、晴れやかな気持ちで荷物の整理を進めた。

「本日中には王宮を出ます。残った物は廃棄しましょうか」

見回した部屋には、まだランドルフと関係が悪化していなかった頃に贈られた物が残っている。

ランドルフとの思い出を捨てるのにはまだ抵抗があるが、全て捨てるようにと申し伝えた。

とはいえ、最後にバラバラに破られた栞の残骸《ざんがい》を拾い上げる時は、流石に胸が痛かった。

侍女に背中を撫でてもらい、情けなく泣きながらも栞は捨てた。

そうして、荷物が整理し終わった頃にはもう夕暮れだった。

これから私の実家でもあるフィンブル伯爵家に帰れば、すっかり夜だろう。

別れを惜しむ時間はなく、私は皆の見送りを受け、長年苦楽を共にした部屋に別れを告げた。

そのまま足早に、王宮の外で待つ馬車へと向かっていた時だった。

「クリスティーナ妃！」

「っ!?」

その大きな声に驚いて振り返れば、一人の騎士が駆け寄ってきて、私のもとで膝をついた。

紅葉のような茶髪が小さく揺れ、宝石のように美しい蒼い瞳が見つめてくる。

「エドワード……」

目の前の男性の名はエドワード、王家近衛騎士団の団長だ。

彼は若くして剣の腕に優れており、騎士となってからわずかな年月で今の立場を築いた実力を持つ。

武勇や名声に加え、眉目秀麗な顔立ちも相まって貴族令嬢が色めきたつ声も絶えない方だ。

近衛騎士団には労《ねぎら》いの意味も込めてよく菓子を贈っており、その縁あって彼とはよく話す仲だった。

「クリスティーナ妃、廃妃となって王宮から出ていかれるとは本当なのですか？」

目の前の彼は、いつもの凛々しい表情とは違って悔しそうに顔を歪めている。

「……はい。ランドルフの命で廃妃となり、本日で王宮を去ります」

私の言葉を聞き、彼は唇を噛んだ。

「クリスティーナ妃が出ていくなど間違っています！」

彼が見せた怒りを嬉しく思いつつも、名残惜しさを残さないように言葉を続ける。

「もう妃《きさき》と呼ばなくても大丈夫ですよ。エドワード」

「っ⁉　俺は貴方の傍にずっと居たいと思い、王宮を守る近衛騎士となったのに……」

そう言って、彼は立ち上がって私の手を握った。突然の行動に目を見開く。

「ではどうか、せめて貴方の傍に……俺を傍にっ……‼」

廃妃として追放されてなお、自分を望んでくれる人がいることが嬉しい。けれど、近衛騎士として煌《きら》びやかな人生が待っているはずのエドワードを、私の護衛などにする訳にはいかない。

縋《すが》るようにこちらを見つめる彼に向かって、首を横に振る。

「廃妃となったばかりの私の傍にいても、悪い噂しか付きませんよ……将来有望な貴方の道が絶えることがあってはいけません」

「俺は……近衛騎士団を気に掛けてくれていた貴方をずっと……」

言葉の途中で、彼に掴まれていた手から抜けだす。

「貴方は……この国の未来に必要な方です。私ではなく、皆のために生きてください」

私はその言葉を最後に、再び歩き出した。

エドワードからの視線を背に感じるが、彼も分かってくれたのか、黙って見送ってくれた。


馬車に辿り着くと、すでに他の荷物は積み込まれており、後は私の到着待ちだったようだ。

王宮に後ろ髪を引かれながらも、別れは惜しまずに馬車へと乗ろうとした時。

「ようやく、出ていくみたいだな」

聞き覚えのある声と共に、私へと歩む影が見える。

そこには、もう二度と会いたくない、忘れたいと思っていた彼が近づいてきていた。

黄金のように煌《きら》めく金髪、若葉のような碧《みどり》色の瞳を向けるランドルフ。

凛々しい顔立ちは記憶と変わらないが、久しぶりに見た彼の表情に笑みはない。

「ランドルフ……」

「様をつけろ。もう側妃でもないのだぞ、馴れ馴れしい」

ずきりと、胸が痛んだ。

かつて私に愛の言葉をかけてくれていた優しい彼は、もういない事がよく分かった。

「ランドルフ、様……」

「それでいい、やっとこの王宮でお前の顔を見なくて済む。清々するよ」

「な、なぜ……？」

心の声が漏れ出すように、疑問を口にしてしまう。

「ランドルフ……かつての貴方は、私を愛してくれていたはずです」

「様をつけろ。クリスティーナ」

「答えてよ、ランドルフ」

胸が張り裂けそうになって、泣くまいと思っていたのに涙がこぼれ落ちる。

「答えは簡単だろ？　お前は妃《きさき》として役立たずだった。それだけだ。マーガレットは哀れな身の上でありながら献身的に俺のそばに居てくれるのだぞ。お前と違ってな」

悲しみからこぼしていた涙が、ランドルフの言葉によって一瞬にして止まった。

皆から、彼が私をそう評価しているとは聞いていた。だけど実際に聞くのは初めてだ。

顔を上げれば、彼は冗談ではなく本気でそう思っているのだと分かる。

「お前のことは聞き及んでいる。民から嫌われ……仕事もせずに迷惑ばかりかけていたようだな」

「……なにを言っているの。ランドルフ」

ランドルフの言葉に、怒りが収まらない。

私が彼を支えてきた日々は、皆が感謝を伝えてくれたおかげで胸を張って誇れるものだと言える。

だけど彼は、その全て否定するのだ。

それは、感謝と共に忠義を誓ってくれた皆の言葉さえも否定しているのと同じだ。

「貴方は……私が本当に役立たずだと思っているの？」

「あぁ。俺を愛することもなく堕落に過ごし、妃《きさき》として不十分なお前は要らな――」

言葉を遮るように、私の放った平手が軽快な音を響かせた。

虚を衝《つ》かれて驚く彼に、私は思うがままの言葉を吐いた。

「私が貴方を支えてきた日々が、本当に無駄だったと言っているの？」

「……は？」

「人生を捧げ、全ての時間を国のために尽くしてきました。それは全て貴方を支えるためだったというのに……見てくれてもいなかったのですね」

彼や王国に捧げて尽くしてきた半生、それを全て貶《けな》されたことが堪らなく悔しい。

どれだけの時間を、勉学に費やしてきただろうか。

どれだけの日々を、彼がすべき政務に費やしてきただろうか。

そのことに後悔はない。

国や民、王宮に居る者達に胸を張れる存在になれたのだから。

だけど……支えてきた彼自身にそれらを否定されることだけは許せなかった。

「見てこなかっただと？　違うな……俺は全てを知った上で、お前が無駄だと評価したまでだ」

「何を言っているのですか。貴方は私の何を知った気でいるの」

「役立たずと言われて図星だったか？　手を出すほどに悔しいのだろう？」

あぁ……もういい。

ランドルフは私を見ておらず、知ろうともしていないのだと分かった。

沸騰しそうな怒りが沸き立つが……握りしめた拳を解く。

今の彼に何を言っても無駄だ。しかし私はこの怒りを鎮めるために、ある覚悟を決めた。

「貴方が私に下した、役立たずという評価が間違いだと……証明してみせます」

「は？　できるはずがない。お前が役立たずなのは事実だ」

「……これから貴方がいくら後悔しようとも、もう支えることはありません」

「後悔？　するはずがないだろ。もうお前に用はない、さっさと行け……」

言われた通りに馬車に乗り込めば、御者でさえランドルフに怒りの眼差しを向けていた。

行き先を伝え、馬を走らせてもらう。

もうランドルフに振り返ることなんてない、後ろ髪を引かれる気持ちは消えた。

私の全てが否定された今……彼に抱いていた情愛も、献身的な想いも存在しない。

この荒れ狂いそうな怒りを抱え、たった一つの決意を固める。

ランドルフが私に下した『役立たずの妃《きさき》』という評価。

私の人生は、そんな評価を受けるものではない。

感謝をしてくれた皆と、私自身のためにも、ランドルフの評価が間違いだと証明してみせる。

私という支えを失った末路を必ず見せてあげるわ……ランドルフ。

決意を固めた瞬間、もう私の胸に悲しみはなく、怒りのみが残っていた。

第二章　別離

ガラガラと車輪が回る馬車に揺られ、車窓から外を眺める。

見覚えのある景色に、フィンブル伯爵邸に帰ってきたと分かった。

庭師によって綺麗に手入れされた薔薇の花が広がる庭園と、玄関に灯る明かりが懐かしい。

両親と会うのは年に数度のみだが、記憶に残る二人はいつも優しかった。

すでに私が廃妃になった事は伝えられているが、きっと話を聞いてくれるはず。

そんな期待と共に屋敷の扉を開いた。玄関には、待っていたかのように女性が立っていた。

レイチェル・フィンブル……私のお母様だ。

「お、お母様……」

「おかえりなさい、クリスティーナ」

ふわりと微笑む母を見て安堵する。何を言われるか分からなかったが、その笑顔は記憶の通りに優しいままだ。久々の再会に母へハグをしようと歩き出した時。

「クリスティーナ、まずはお父様に会ってきなさい」

「……え？」

「荷物は使用人達が運びます。二階の書斎にお父様はいらっしゃいますから……早く行きなさい」

有無を言わさないお母様の雰囲気に大人しく頷き、私は二階へ上がる階段に足を載せた。

木造の階段は少し古くて、軋む音が鳴り響き、その音になぜか緊張が高まる。

光が小さく漏れる書斎の扉の前に立ち、久々に会うお父様に不安を抱えつつノックする。

「入りなさい」

「……失礼します」

聞こえた声がひどく冷たく平坦に聞こえたことを、気のせいだと祈りながら書斎へと入る。

無数の本棚が並ぶ部屋の中心に置かれた机で、父が黙々と執務をこなしていた。

書類の上に筆を走らせたまま、私には視線を向けてくれない。

沈黙に立ち尽くしていれば、やがて「はぁ……」と、父がため息を吐いて私を見上げた。

その瞳は……記憶にないほど冷たかった。

「どの面《つら》を下げて帰ってきた。クリスティーナ」

「お、お父様？」

「側妃となった際にもお前の不甲斐なさに怒りが浮かんだが……さらに廃妃となったと聞いて呆れたぞ。王家に頭を下げてでも側妃の地位を死守すればよかっただろうに、情けない」

「っ!!」

慰めや憐れみを望んでいた訳じゃない、でもこんな時ぐらいは「おかえり」と言ってほしかった。

しかし、父はそんな言葉を一切かけず、淡々と私を責める。

なによりも悲しいのは、父はもうすでに私から視線を外して執務に戻っていることだった。

側妃であったころの話を何も聞かず、最初から私が悪いと決めつけて父は責め続けるのだ。

「まったく……お前が陛下に見初《みそ》められるための努力が、全て水の泡だ。我が家の評判がどうなると思っている。王家と関係が親密になるはずだったのに……これでは真逆だ」

見初《みそ》められる努力……と聞いて思い出すのは、両親が幼い頃から私に言いつけてきた言葉だ。

『男性の言う事はなんでも聞きなさい、それが貴方の幸せになる』

幼き頃から両親のそれらの言いつけは、飽きるほど聞かされていた。

女性ならこうしなさい。男性を立てなさい。役に立つ存在になりなさい。

思い出せばキリがない約束を、幼い頃から私は愚直に守っていた。

だが、今しがた父が発した言葉によって、それが間違っていたと知る。

私の幸せのためと言い聞かせていた言葉は、お父様が成功するためのものだったのだ。

私という個人ではなく、『フィンブル伯爵家』という家だけが守れればよかったのだ。

気付いた瞬間、腸《はらわた》が煮えくり返りそうになった。

しかしお父様は私の怒りに気が付かないまま、書類に向かい続けて、静かに言い放つ。

「次の相手はこちらで決める」

その言葉には、思わず顔を上げて言い返した。

「お父様。私は次の相手なんて考えていません」

「分かっているのか？　お前はこのままではフィンブル伯爵家の役立たずだぞ。それに女性として生きていくには夫が必要だろう。これはお前の幸せのためだ」

「役立たず？　私の生まれた意味は、お父様が王家に取り入るための駒になることなの？」

「先程から……口答えするような娘に育てた覚えはないぞ！」

部屋に響いた父の怒声に、肩が震える。

父は立ち上がり、私を見下ろした。

「クリスティーナ。これは親心だ……下手にワガママを言って困らせるな」

「ワガママ……？　散々、貴方達の言いつけを守ってきました。なのに自分の意見を出せば、ワガママと否定して押さえつけるの？」

――バンッ!!

私の後ろの壁を、父の拳が強く叩く。

屋敷中に響いたであろう大きな音の後、お互いに睨み合って沈黙が流れた。

一歩も引かずに見つめ返していると、父は苛立ちを表すように髪をかきむしる。

「言いたくなかったが……クリスティーナ、ランドルフ陛下に廃妃されたという事は……お前は妃《きさき》として不十分という烙印が押されたと同じことなのだぞ」

「なっ……にを」

「周囲にもすぐ廃妃となった事が広まり、お前は無駄な妃《きさき》だったと判断されてしまう。そうなればお前を娶《めと》ろうと思う相手など居なくなってしまう、だから今は私の言うことを聞いておけ」

――なにを……私は何を言われているの？　廃妃にされただけで、私の今までの人生の価値は崩れてしまうの？　不当に私を「役立たず」と評価を下したランドルフこそが間違っているのに。

「……私の半生が全て無駄だったと、お父様は本気で思うのですか？」

自然とこぼれる涙は、怒りや悲しみではなく呆れからくるものだ。

両親からの言いつけを守り、ランドルフのために全て捧げてきた。

それなのに、そんな私の今までを侮辱してきたのは、他でもない父だったのだ。

「クリスティーナ、お前のためだ。名誉を挽回するために名家に嫁げ……分かるだろう？」

「……分かりません、分かりたくもありません。お父様」

「っ！」

お父様がランドルフと同じく、私を見ずに評価するならもういい。

改めて私は……その評価を覆してみせると決意できたから。

その意味を込めた返答に、父が眉をひそめる。

「生意気な言葉を吐くな。フィンブル家を追い出してもいいのだぞ？」

脅すような声色だが、今の私にはそれは脅しにすらならない。

「どうぞ、ご勝手に……私は、自分のやるべきことを決めましたから」

「なっ……なにを言って」

「たとえ一人となっても、貴方達が間違っていると証明する覚悟ができたのです」

淡々と返すと、父はため息と共に首を横に振り、書斎の扉を指さす。

「……もういい、今日は寝なさい。一晩過ごせば私の言うことが理解できるはずだ」

「理解する気はありません」

もはや何を言っても無駄だ。

父とは言葉を交わさずに書斎を出る。自室へと辿り着けば、お母様が心配そうに佇んでいた。

「ク、クリスティーナ？　お父様とはしっかり話せた？」

「お母様……今は一人にしてください」

寝台に腰を下ろし、涙を拭う。そんな私の隣に母が座って、ぎゅっと抱きしめてくる。

「大丈夫、お母様がいますよ……クリスティーナ」

母は私の頭を撫でながらニコリと微笑む。その温もりと声の優しさに思わず涙腺が緩む。

お母様……と呼ぼうとしたけれど、続く母の言葉で息を呑んだ。

「いい？　こんな結果になったけれど、反省してこれからは女性らしくしていればいいのよ？」

「っ!!」

「お父様の言いつけは守りなさい。貴方はもっと女性としてランドルフ陛下の役に立つべきだったのよ？　もう少しきつく言いつけておけば良かったわね。しっかり反省はしなさいね？」

言葉が出ない。母は父と同じく、私が悪かったと決めつけて話している。

「――でも大丈夫、お母様が貴方を今度こそ男性に好まれる淑女にしてあげるから」

お母様の瞳は……お父様と同じだ。その瞳の奥底は、私を自分達の言いつけに従う人形に仕立て上げることしか考えていない。自分達の教えが絶対に正しいと信じて、疑いもしないのだ。

だから今の私が不幸なのは、教えを守らない不出来な人形だからだと決めつけているのだろう。

滑稽だ、本当に私は……惨めだ。

彼らの言いつけを守り、ランドルフへ尽くした結果が今の惨状だ。

なのに、まだ私に都合の良い人形を強制するのなら……我慢するのは終わりにしよう。

言いつけを守るいい子も、男性に媚びる私も全て終わり。

どちらが間違っているのか、必ず分からせてみせる。

「ありがとう、お母様。また明日、教えてくださいね」

今は母に出ていってほしくて、仮初《かりそめ》の笑みを浮かべる。

望み通り、母は素直に応じた私にパッと表情を明るくして去っていった。

あぁ、きっと両親は、これから家を出る準備をする私に気付く事もないのだろう。

だって彼らが見たいのは、言いつけに従う人形だけなのだから。

◇◇◇

屋敷に帰ってきて二週間が経った。

その間、しきりに母が『男性を立てる女性になるための方法』を熱弁するのを笑顔で受け流す。

母には従順に聞いているように見えるだろうが、私の心の内ではそんなことはない。

幼き頃は素直に従っていたが、改めて考えてみれば、この教育は異常だ。

男性を中心にした教えであり、素晴らしい女性人形を作る教育に等しい。

しかもこれは両親だけでなく、この国が長く続けてきた教育なのだから呆れてしまう。

そんな教育の裏で、私は屋敷を出る準備を進めていた。ここに残っても行動はできないからだ。

苦痛に感じた二週間だったが、準備を終えた良いタイミングでお父様が私を呼び出した。

覚悟も計画もすでに決まり、準備すら終えた今、もう彼らに従う必要はないだろう。

そんな訳で、久々に話す父に別れを告げようと気楽な気持ちで書斎に向かった。

「失礼します……お父様」

「遅いぞ！」

「話はなんですか？」

叱責を無視すれば、分かりやすく不機嫌になっている。しかしそれさえも無視して微笑んでみせると、父は一瞬怯んだように言葉を詰まらせた後、重々しく口を開いた。

「縁談の件だが、引き受けてくれる者はいなかったぞ」

「そうですか、それは良かった」

心からそう思った。

父の言う通り、男性達は私を無価値だと見ているのかもしれない。

だけど、そんな男性の隣に立つ気など私にもないのでちょうどいい。

にっこりと微笑みを深めると、父の眉間の皺《しわ》が深まった。

「軽く答えるな。事の重大さを分かっているのか⁉」

こうして声を荒らげる姿をなぜ昔はあんなに恐れていたのだろうか。

今となっては、言うことを聞かせるためのこけおどしにしか見えないというのに。

「お話はそれだけですか？　……ならお父様、私からもお話があります。私には夫など必要ありませんので、これからは好きに生きてまいります」

そう言った瞬間、目の前の父が怒声と共に立ち上がった。

「は⁉　ふざけるな‼　好きに生きていくだと？　今までと同じように、ワガママを言っても大切にされるとでも思ったのか⁉　そんな事をすれば私達は一切の面倒を見ないぞ！　いいのか⁉」

まったく、想定通りの言葉で助かる。

私は今の生活を手放しても構わないし、なんなら荷物は既にまとめ終わっている。

「はい。それで十分です。では、出ていきますね」

「は？　……は⁉」

動揺して言葉を失った父を置いて、話を続ける。

「今後、フィンブル家からの援助は一切必要ありません。勘当してくださっても構いません、準備も終わっておりますのですぐに出ていきます。私室に今までの生活費を置いておりますので、そちらを手切れ金にしてください」

息を吐き切るようにそう言い切り、父に背を向ける。

一瞬の間を置いて、ガタッと父が椅子を蹴って私へ近寄る音がした。

「――ま、待て待て！　クリスティーナ！　は、話をしよう、落ち着け……」

「もう遅いです。私が……貴方達やランドルフの間違いを教えてさしあげます」

「な……なにを……」

困惑する父を無視して書斎を勢いよく出ていく。父は慌てて私の肩を掴もうとするが、それを振り切って自室へと走った。そして荷物をまとめたトランクを手に取った時、父の声が屋敷に響いた。

「クリスティーナを屋敷から出すな！」

その声を聞いた屋敷の衛兵が、私の部屋へと走り出したのが分かる。

玄関扉もきっと衛兵が閉じているだろう。でも……それも想定内だ。

「――っ!!」

窓枠に足をかけて、外に身体を出し、トランクを放り投げる。それから屋敷の壁から伸びた木材などに足をかけながら、壁を下っていく。

今までの品行方正な側妃である私を見ていた人間が見たら卒倒してしまうだろうな。

呑気に考えつつ庭の芝生まで下りると、ふわりと風が吹いて私を後押ししてくれたように感じた。

「――クリスティーナ!!」

振り返ると、私が先程まで居た部屋の窓から母が睨んでいた。

「どこに行くのですか！　貴方はフィンブル伯爵家の娘！　もっと女性らしくおしとやかに！　そんなことをしては、男性に見向きもされませんよ！」

私は立ち止まり、母へと見せつけるように笑みを浮かべる。

そして……地面に転がっていたトランクからナイフを取り出し、それを私自身へ向けた。

「っ!?　や、やめなさ――」

その声すらも断ち切るように、腰まで伸びていた銀色の髪をバッサリと耳元まで断ち切る。

風に乗って飛んでいく髪を見て、母がよろめき、侍女達に支えられていた。

母は、髪こそ女性の命だから大切にしなさいと言い続けてきた。

だから、母の望む女性から決別する意味を伝えるため、目の前でそれを切り裂いたのだ。

「もう私は貴方達の望み通り動く人形ではなく、好きに生きていきます！」

「クリスティーナ！　待ちなさい！」

母の叫びを無視して、ザクザクと髪を切って整える。

銀色の髪が落ちるたび、「いやぁぁ」と叫ぶ声が聞こえるのは少し面白い。

私なりの決別は、上手くいったようだ。

「待て！　クリスティーナ!!　女一人でなにができる！　どうせ娼婦にでもなって暮らすしかなくなる！　戻ってこい！　必ず後悔するぞ！」

今度は父が部屋から顔を出して叫んできた。

母に代わっての説得なのだろうが、相も変わらない侮辱的な言葉が私に響くはずがない。

女性一人では生きていけないなんて、思い上がった言葉には笑ってしまいそうだ。

「後悔するのは、私ではなく貴方達ですよ」

「な……にを！」

「私の人生を無駄だと言った事、ランドルフと共に必ず後悔してもらいます」

「お、お前！　その発言は、王家へと反抗でもするというのか!?」

「お好きに捉えてください」

もう二度と惨めな思いなんてしない。これからは……私が決める人生だ。

「それでは、さようなら」

今まで散々言いつけを守り、両親の望むままランドルフのために半生を捧げた。

その結果「役立たず」と烙印を押されて、否定されたのだ。

ならば、もう両親の言いつけを守るだけの人形は辞めよう。

自分の意志で、「役立たず」なんて評価は間違っていると証明してみせる。

覚悟を決めた私は、両親の制止の声に振り返ることなく走り出した。


屋敷を出るのは今日だと、実は以前から決めていた。

なぜならこの日、フィンブル領内の街で落ち合う人がいたからだ。

賑わっている街道、指定していた露店で待ってくれていた方へと声をかける。

「……お待たせしました。ルイード様」

「っ!?　クリスティーナ様……」

驚きの声を上げる男性は、大臣のルイード様だ。

王宮内で私をずっと気遣ってくれて、謝罪までしてくれた彼はきっとこれからも頼れると思い、手紙を出して、ここで落ち合う手筈を整えていた。

ルイード様は髪をザックリと切った私を見て、驚きすぎて目がこぼれ落ちそうな様子だ。

「ク、クリスティーナ様……いったいなにが？」

「申し訳ありませんルイード様。今は時間がありませんので、何も聞かずにこれを頼めますか？」

二週間の間に書き溜めておいた紙束をルイード様に渡す。

彼は即座にその中身に目を通し、額から汗を流した後、生唾を呑み込んだ。

「――私でも分かります。この紙に書かれた内容にはきっと皆が従い、ランドルフ陛下は追い詰められるでしょう。本当にこれを、王宮内の者に渡してもよろしいのですね？」

「私が行おうとしているのは、王家に仇成す行為ですが……頼めますか？」

「ええ、もちろん。クリスティーナ様にはお世話になりましたから。……それに私自身、ランドルフ陛下の非礼にはもう耐えられませせぬ」

やはり彼に頼って良かった。渡した紙束が王宮に出回れば何が起こるのか、容易に想像できているはずなのに協力を受け入れてくれるのは有難い。

「本当にありがとうございます、ルイード様。もう少し事情をお話したいのですが……今の私はお父様に追われている身です。捜索が来る前にここを離れさせていただきます」

父に連れ戻される前にフィンブル領からは出ていかねばならない。

幸い行く当てが一つだけあるため、路頭に迷うことはないだろう。

すぐに歩き出そうとした私の手を、ルイード様が掴んだ。

「お待ちくださいクリスティーナ様。事情は分かりませんが……せめてこれだけでも」

渡されたのは重たい袋だった。開くと、ぎっしりと金貨が詰まっている。

廃妃にされた私に予算が付くはずもない。これは彼の懐から出たものに違いなかった。

「このようなもの……いただけません！」

「いえ、お願いです。せめてこれをもらってください。これは……私なりの謝罪なのです」

「ルイード様、前にも言いましたが……貴方に謝ってもらう必要は……」

「私がこれまで職務を続けてこられたのは、貴方のお力添えがあったからこそです。だから……」

彼は声を絞り出しながら頭を下げた。その瞳から零れ落ちる涙が、地面に黒い斑点を作る。

「お辛い結果となり……申し訳ありませんでした。私の力が足りず、貴方には廃妃という選択を受け入れてもらうしかなかった」

幼少の頃から私を知り、責任感が人一倍強いルイード様だからこそ罪を感じているのだろう。

嗚咽《おえつ》を漏らす彼に、これ以上の罪悪感を抱いてほしくない。

「気に病まないでください、ルイード様。私がこれから王家に仇成す行為に、貴方が協力してくださる。その覚悟に……私は感謝しかありませんから」

感謝を伝えても無言で泣き続ける彼の言葉に甘えて、袋を受け取らせてもらう。

手渡された袋をトランクにしまって、私は彼の方に向き直った。

「……本当に、何から何までありがとうございます。王宮のことは……頼みました」

「はい、クリスティーナ様も……どうかご無事で」

そう言って微笑んだルイード様の目に、もう涙はなかった。

私は心からのお礼を込めて頭を下げ、雑踏の中に紛れ込む。

歩き出した後、もう一度だけ振り返れば、ルイード様が頭を下げ続けているのが見えた。

大丈夫ですよ、ルイード様……

私を気に掛けてくれる方が一人でもいるだけで嬉しいのだから、もう気負わないでほしい。

そう願いつつ、私はフィンブル領の街から出るために馬車へと乗り込む。

向かう先を御者へ告げ、金貨を数枚渡して馬車に揺られる。

これからの不安はもちろんあるが、生きていく術《すべ》などいくらでもある。

今はただ、ルイード様に託した王家への一矢が届く事を祈ろう。

後悔・一　(ランドルフ side)

今でこそ父上は病気で臥《ふ》せているが、かつて隣国からの侵攻を退けた功績により、民からは賢王と呼ばれていた。そんな偉大な父は俺の誇りであり、誰よりも認めてもらいたい存在でもある。

「父上……喜んでくれるだろうか」

久々にその父上の眠る寝室へと向かう最中、期待が膨らむ。

今日は良い報告ができる。なにせ、役立たずな側妃を廃妃にしたのだ。

国をより良くするための決断に、きっと父上は喜んでくれるはずだ。

今まで、あの女への苛立ちによって俺の政務は捗らなかった。

だから父上に胸を張ってご報告できる内容がなかったが、今日は違う。

「――父上、入りますね」

期待を胸にノックをし、父上の部屋へと入る。部屋には煌《きら》びやかな装飾がふんだんに散りばめられている。王家の偉大さを表しているような装飾品に囲まれる父上に、改めて誇らしさを感じた。

目にも眩しい金色の中で、ベッドに横たわる父上が俺を見て眉尻を下げた。

思っていた以上に顔色が悪い。やはり病気には偉大な父上でさえ敵わないようだ。

「おぉランドルフよ。よく来たな」

「父上、横になっていてください」

「あ、あぁ……お前には迷惑をかけているな、本来ならばもっと傍に居てやるべきなのに」

身体を起こそうとした父上を慌てて引き止める。すると、父上は申し訳なさそうに肩を落とした。

頭を下げる姿は、健勝であった父上とはかけ離れている。

そんな悲しそうな父上の姿を見ていられなくて、慌てて首を振った。

「安心してください、俺は父上の跡を立派に引き継いでおります」

「頼もしいな。それで要件はなんだ？　ランドルフ」

俺の言葉に、父上が目元を和ませる。それに対して、俺は待っていましたとばかりに胸を張った。

いよいよ、父上の不安を晴らすことができるだろう。

以前、俺が側妃をクリスティーナにすると伝えた時、父上は渋い表情をされていた。

その時に気付いたのだ。

父上は側妃という、民の税を無駄に消費する存在を好ましく思っていないのでは？　と。

それに愛する女性は一人で十分だと、父上は俺が幼い頃から口酸《くちす》っぱく言っていた。

当の父上も、亡くなった母上だけを愛していたと聞く。

そんな父上ならば、役立たずの側妃を捨て、愛すべき女性を選んだ事を褒めてくれるだろう。

「実は良い報告があるのです」

胸を張ってクリスティーナを廃妃にしたことを伝える。

すると、父上は最初こそ頷いて聞いていたが、後半になるにつれ酷く顔色が悪くなっていく。

……病気がお辛いのだろうか？

「ラ……ランドルフ、それは本当か？」

「はい！」

父上の声が震えている。心配になりつつも、俺は褒めてもらえる言葉を楽しみに期待する。

しかし、父上はそれ以上何も言わず、黙ったまま目を見開いていく。

まさか発作でも起きたのか、と顔を覗き込んだ瞬間、父上の口が開いた。

「こ、この大馬鹿者が……なんてことをしてくれた!!　なぜ儂に一言も相談しなかった！」

「…………え？」

な、なぜ……どうして怒っているんだ。

予想外の反応に驚いていると、父上は大きなため息を吐いた。

「ランドルフ。クリスティーナはお前の妃《きさき》になるために幼き頃から人生を捧げておったのだぞ……

そんな彼女を側妃にすると聞いて、儂がフィンブル伯爵家、そしてあのご令嬢にどれだけ頭を下げたか知っているのか⁉」

「ち、父上は彼女の廃妃を望んでいたのでは？　クリスティーナが側妃になることは反対だったのですか⁉」

そんなバカな。俺の勘違いだったのか？

まったく予想と反する父上の反応に、顔が引きつる。

必死に聞き募ると、父上はさっきまで蒼白だった顔を真っ赤にして、俺の肩を揺さぶった。

「反対するに決まっている！　フィンブル伯爵家当主を敵に回すなど、あり得ない愚行だ！」

「ち、父上……まさか、本心ではクリスティーナを王妃に望んでいたのですか？」

「当たり前だ！　いきなりマーガレットなどという男爵家の娘など連れてきおって！　貴族達がどれだけお前に疑心を持ったと思っている。儂が周囲を説得していたのにも気付かなかったか⁉」

「そ、そんな……だって……俺は父上が望んでいると思って」

「儂が説得する前に、お前がマーガレットを正妃にすると公表したせいで止められなかっただけだ」

「え………」

「本心では反対だったに決まっている。ましてや人生を捧げてお前を支えてくれようとした女性を捨てることを望むなどあり得ん！　王家の恥もいい所だぞ！」

想定していなかった非難の言葉に、必死に言い訳を考える。

今までの父上は優しくて、俺のやる事をなんでも許してくれていた。

だから、今の異様な怒りの叫びに動悸が止まらない。

「ち、父上！　マーガレットの方が妃《きさき》として素晴らしいはずです！　きっと貴族達も納得して――」

「お前……そのマーガレットが、クリスティーナを超えた妃《きさき》になれると思っているのか？」

「当たり前です！　あの女は誰にも劣っている役立たずでしょう！」

そう言うと、父上が驚いた表情で固まった。

「……まさか、何も知らないのか？」

「し……知らないとは？　クリスティーナに功績など何一つあるはずが……」

意外な反応に戸惑いを漏らす。

そんな俺を見て、父上は全てを諦めたような、深いため息を吐いた。

「クリスティーナは貴族達とも事業を起こして国益を上げていた。全てはお前の王政に問題のないようにな」

「なにを言って……クリスティーナが俺を支えていた？　そんなはずがありません！」

父上が絶賛するような功績など、クリスティーナに限ってあり得るはずがない。

なにせ俺は常に文官からクリスティーナの近況を報告させていたのだ。報告ではあの女は民からの信頼を失い、政務もこなせず、失敗は常に部下の責任にし、自分の評価を偽っているとあった。

なのに眉間に深く皺《しわ》を刻んで怒りを見せた父上の姿に、ハッとした。

――そうか、父上はクリスティーナに偽の功績を掴まされ、騙されているのでは……？

『陛下！　クリスティーナ様と一度お話ししてください！　彼女は貴方のために……』

しかし同時に、クリスティーナを追い払う時のルイードからの言葉も思い出す。

――もしかすると、俺が間違っているのか？　いや、そんなはずがない。

俺が間違っているはずない、クリスティーナに騙されている父上には真実を教えないと。

「父上、聞いてください。貴方の評価は間違って――」

「この話が広がれば、賢人会議《けんじんかいぎ》さえあり得るのだぞ！」

しかし、俺が出そうとした言葉も、父の叫びの前に消えた。

賢人会議とは、この国の有力貴族が集まって王家の決定について議論する会だ。

王家が絶対の権力を振るうのではなく、貴族との連携をとるための規則でもある。

その会では、悪法や悪事を働いた際の王家に対しての責任追及も可能で……

そこまでを一瞬のうちに思い出し、息を呑む。

父上は此度の俺の選択が、その賢人会議で責任をとるような内容だと判断しているのか？

「ち、父上はクリスティーナの評価を間違っております！　俺が受けていた報告では、彼女は民に疎《うと》まれて政務もこなせず、部下の成功を奪っていたのです。父上の聞いている評価は偽装されています！」

「な……なにを言っているのだ、お前は！」

父上の誤解を解こうとするが、まるで聞く耳をもってくれない。

それどころか、父上は今にも殴りかからんとする勢いで俺に掴みかかる。

「お、お前が受けた報告が事実ならば……それを証明する証拠があるのか？」

「え……？　そ、それは……報告書のみですが……」

「は？　こ……この大馬鹿が！　そんな確証もない報告を受けて廃妃を決定したのか⁉」

父上はさらに激昂し、俺の頬へと拳を叩きつけた。

鈍痛が頬に響き、あまりの痛みに父上から逃げるように距離をとる。

誤解を解こうとしたのに、これでは火に油を注いだだけだ。

「父上！　信じてください！　すぐに報告を上げた文官達に証拠を集めさせます！」

「もしも事実であるならば早急に集めさせろ！　だが、きっと間に合わんぞ」

「ま、間に合わないとは？」

父上は荒い息を吐き、さらに厳しい視線を俺に向けた。

「貴族にはクリスティーナに世話になった者が多い。じきにお前の判断に抗議するため、公爵家や辺境伯たちが賢人会議を開こうとするだろう」

「そ！　そんな！　俺は間違ってなどいません！」

足が震える。偉大な王になるためにクリスティーナを廃妃にしたのに、これでは本末転倒だ。

――俺が間違っていた？　いや、違う。そんなはずがないと迷う心に言い聞かせる。

「それにだ、クリスティーナの父……アンドレアはこの国に偉大な功績を残した武人でもある。王家に忠義を誓っているとはいえ、こんな話が奴に漏れればお前の身すら危ういぞ」

父の怯えた表情を見ながら、俺はぐっと奥歯を噛みしめた。

なんてことだ、父上も耄碌《もうろく》してしまっている。

国王たる俺が受けた報告がもっとも正しいはずなのに、クリスティーナに騙されているのだ。

すぐに彼女が役立たずだという証拠を集めなければ……騙された父上の名誉に傷がついてしまう。

そう考えていると、父上は深いため息を吐いた。

「本来ならば王家を守るためにお前を廃嫡《はいちゃく》し、クリスティーナに謝罪すべきだろう——だが」

「……父上」

「病室で話を聞いているだけの儂よりも、お前が受けた報告の方が正しい可能性も捨てきれない。だから……すぐにその報告が正しいと示す証拠を集めよ」

「は、はい！」

「そして民や貴族にはクリスティーナを廃妃にしたことは公表するな。多少の時間は稼げるはずだ」

父上は俺を信じてくれていた。

その気持ちが言葉から伝わってきて、俺は期待に応える決意を決めた。

「わ、分かりました！　クリスティーナを廃妃した判断が正しいとする証拠を集めます！」

「ああ。ただ、いいか？　何があっても王家が間違いを犯したなどという結果にならぬようにしろ。長く続く我らがグリフィス王家に泥を塗るな。任せたぞ、ランドルフ」

父上の言う通りだ。

一人の妃《きさき》を廃妃にしただけで、王家の名誉に傷がつくなどあってはならないに決まっている。

「必ずや、俺の決断の正当性を示してみせます！」

「あぁ……早急にな」

――そうと決まれば、すぐに動き始めよう。

病気に臥《ふ》していた父上まで、クリスティーナがでっち上げた偽りの功績に騙されていたのだ。

民や貴族達も同様に騙されているだろう。

あの女についての真実を、皆にも知らせなければと、決意を固めて、俺は意気揚々と病室を出た。

すぐにクリスティーナについて報告をしていた文官達に証拠を提出させよう。

心配する必要はない。報告書はいくつも上がってきていたし、俺が間違っているはずがない。

しかし、もしも証拠がすぐに集まらなかった場合には備えなくてはならないだろう。

「どうすれば……」

迷った末、俺はある選択を思い付く。

簡単な事だった。皆がクリスティーナに騙されているのならば、その誤解を解けばいいだけだ。

俺が報告を受けていたあの女の悪評を皆にも伝えればいい。

これは決して非道な選択ではないはずだ。

なぜなら俺は……皆に真実を教えているだけだなのだから。

「クリスティーナ……お前が偽った功績を、必ず正してやる」

やるべきことを決めると、先ほどまでの焦燥が嘘のように消え、身体が自然と動いた。

◇◇◇

父上と会ってから、三週間が経った。

その短い期間だけで、俺の考えは頓挫していた。

困ったことに、クリスティーナについて報告をしていた文官達に招集令を出したが、返事がない。

いくら待っても来ない文官達に苛立ち。早く呼ぶようにと、文官長へと指示を出す。

「早急に奴らを連れてこい！」

「そ、それが皆……体調不良で休んでおり……」

「引きずってでも連れてこい！　早く！」

「は、はい！」

体調不良だろうと文官達に証拠を集めさせることには問題ないと、焦る心を落ち着かせる。

だが、それ以上に頭を悩ませる問題があった。

俺は数日前からクリスティーナに騙されている者達に真実を知らせるため、俺が知っているあの女の悪評を流そうと計画していた。しかし、どれだけ金貨を積んでも誰一人として話を受け入れないのだ。

そして示し合わせように、皆が口を揃えて俺に言う。

『ランドルフ様……どうか、あの方が貴方のために過ごしていた日々を知ってください』と。

クリスティーナが俺のために過ごしていた日々だと？

皆が騙されてあの女を盲信しているのだろう、美談のようにあの女について語るのは苛立つ。

最後に頼るべき相手として、王妃教育の女性講師を呼んだ。

講師は過去にクリスティーナを指導していたが、今は交流が薄いはずだ。

王宮内での影響力が大きい講師にクリスティーナの悪評を話せば、たちまち広まるだろう。

「呼び出してすまないな」

「いえ」

呼び出した女性の講師は、やけによそよそしい。それに視線は鋭くて、雰囲気には棘《とげ》を感じる。

突然、呼び出されたせいで不機嫌なのだろう。

申し訳ない事をしてしまった……と思いつつ、講師に視線を向ける。

「来てもらったのは他でもない、クリスティーナについてだ」

「っ!?　クリスティーナ様がどうなさったのですか？　戻ってこられるのですか？」

講師の表情が一気に変わった。鬼気迫る表情に押されながら、慌てて首を横に振る。

「そんなことがあるはずないだろう」

「……そうですか」

すると講師ががっくりと肩を落とす。ため息を吐いた後の声には、呆れが滲《にじ》んでいた。

その態度は鼻につくが、彼女の機嫌を損ねないよう、俺は慎重に言葉を重ねる。

「あの女をやけに気に掛けているようだが、お前は騙されている。クリスティーナを廃妃にしたのは、彼女の悪行の数々が、マーガレットやお前たちに害が及ぶと判断したからだ」

「……陛下、何が言いたいのですか？」

講師の視線の鋭さが増した。やはり彼女は騙されていると確信し、説得を試みる。

「クリスティーナは王妃の立場を手に入れた途端に傲慢となったと調べがついている。外面は良かったかもしれんが、陰では侍女に暴力を振るっていた。その傲慢を危険に思い、廃妃としたんだ」

俺は報告書で知ったことだが、クリスティーナが侍女を虐《しいた》げる光景は鮮明に頭に浮かんでくる。

「――だが、皆はクリスティーナに騙されて誤った評価をしていて困っている。お前から皆に真実を知らせてやってくれないか？」

語り終えた頃には汗だくになっていた。長年王家に仕える講師にこれほど強く訴えたのだ。きっと、王たる俺の言葉を信じてくれるはず……

「お断りします」

……は？

「き、聞いていたのか？　誤解を解いてほしいのだが……」

「私にはクリスティーナ様がそのような傲慢な方だとは思えません」

「ど、どうしてそんなことが言える！　お前は最近のクリスティーナとは会っていないだろう！」

講師の言葉を否定するために叫んでも、彼女はまったく怯まずに言葉を続けた。

「私は王妃教育以外にも令嬢方の作法講座を開いており、そこでクリスティーナ様に手伝いをしていただいておりました。彼女は昔と変わらず素直で、性格が傲慢になったとは到底思えません」

あいつがそんなことをしていたなんて初耳だ。

そんな内容、一度も上がってきた報告書には記載されていなかった。

言われたことが信じられなくて呆然としていると、女性講師の言葉が続いた。

「それに、私はむしろマーガレット様の方が傲慢に感じます。一時《いっとき》は彼女の王妃教育を断ったほどですよ。ですが、そんな私にクリスティーナ様が自ら頭を下げて、王妃教育を頼んできたのです」

「なにを、言って……」

「彼女がどうしてそこまでしたか分かりますか？　ランドルフ様」

講師の目はとても王家に向ける視線ではない。

呆れたような、憐れみにも似た瞳だった。

「クリスティーナ様は、貴方が愛した女性のためならと……頭を下げたのです。なのにここまで尽くしたクリスティーナ様に対して謝罪ではなく、このような仕打ちをなさるとは……」

そう言って、講師は美しいカーテシーをしてみせた。

「もう王家に忠義を尽くすことはありません。今日をもって職務を辞めさせていただきます」

「は？　な、何を言っている？　待て！　待ってくれ！」

いきなり辞職を宣言した講師は、颯爽と踵《きびす》を返した。

マーガレットの王妃教育も終わっていないのに、講師を辞められては困る。

「お、お前達！　ぼさっとするな、さっさと彼女を止めろ！」

王座の間に居た使用人や衛兵達へ叫ぶが、彼らは講師と同じく憐れみに満ちた目で俺を見つめるばかりで動こうとしない。

ぞくりと背筋が冷えた。何かを間違えたのだと、それだけは分かった。

「ランドルフ陛下、私も本日をもって辞職いたします」

一人の使用人の言葉を皮切りに、次々と周囲の者達が同じ言葉を口にする。

「俺も、クリスティーナ様を苦しめる陛下のもとでこれ以上勤められません」

「陛下は以前、俺達近衛兵を汚いと馬鹿にしていらっしゃいました。反論などできない俺達の怒りを鎮《しず》めてくださったのはクリスティーナ様です」

「な……」

「あの方は陛下のために、我々にまで頭を下げたのです。その恩を仇で返す方にはついていけません」

何が起こっている？　使用人達は次々と退室し、衛兵は剣を地面に置いて職務放棄を始める。

それらの行為に、隣に立つ大臣のルイードは無言のまま俯いて咎めもしない。

「ま、待て！　ここを辞めても次の職はどうするのだ！　生活はどうする⁉」

「ご心配なく。私達に代替となる職を紹介してくださった方がいるのです。差出人は書いていませんでしたが、文字を見れば……私達には誰が書いたのか分かります」

「は？　な、なんだと？」

見れば、奴らはそれぞれ紙を持っていた。

どこか嬉しげにその紙きれを見つめる彼らは、次々と玉座の間を出ていく。

なにが起こっている。全員があのクリスティーナのために、王宮勤めを捨てただと？

それに、皆が語った言葉が信じられない。

クリスティーナが俺のために身を尽くし、俺を本当に愛していたなんて信じられるはずがない。

過去にあいつは王妃教育を終えてから、俺と会う機会が極端に減った。

会えない淋しさを感じる俺の気持ちなどお構いなく、あいつは連日王宮を出ていったのだ。

そんな時に社交界で出会ったマーガレットが俺に言った。

『――クリスティーナ様は、王妃になれると決まったので満足しているそうですよ。王妃になれればそれでいいので、貴方を愛する事はせずに他の男と遊んでいるようです』

マーガレットの言葉に、地下深くに突き落とされたような絶望を感じた。

しかし、真実を教えてくれた彼女こそが俺の傷ついた心を癒してくれたのだ。

『普通は貴方の伴侶に選ばれれば、何があっても共に居ますわ。特に……私は絶対に』

囁いて、抱きついてきたマーガレットに心が強く惹かれた。

愛してくれないクリスティーナと違い、傍に居てくれる彼女こそ俺を愛してくれると思えた。

なのに、廃妃を決断した今になって、クリスティーナこそが俺を愛していたと皆が口を揃える。

信じられるはずがない、あの女が俺を愛しているならずっと傍に居てくれたはずだ。

だが……俺はあいつが何をしていたのか、実際には見ていなかったことに気付かされる。

愛してくれていないクリスティーナを知るのが怖くて、見ようともせずに遠ざけていたのだ。

『クリスティーナ様の事を知ってください』

皆の言葉を思い出し、信じられないはずなのに考えてしまう。

クリスティーナは、本当に俺を愛してくれていたのか？　俺の判断は間違っているのか？

尋ねたいのに……既に俺の隣に彼女は居なかった。

第三章　認められる存在へ

街を出て、馬車に揺られながら次にすべき事を考える。

私の目的は、ランドルフに己の間違いを認めさせることだ。

しかし、とうぜん私個人の力で王家に対してできることなど知れている。

手があるとすれば、賢人会議で、私を廃妃にしたことを咎めてもらうしかない。

そのためには、賢人会議を開く権利を持つ高位貴族に頼る必要があるのだが……

知り合いの高位貴族へ頼った場合、まずは両親と話し合えと、連れ戻される可能性が高いだろう。

それだけではなく、私は良くも悪くも国内で知られてしまっている。

王都近郊に居ては、いずれ存在が広まってお父様に連れ戻されてしまうに違いない。

となれば、王都より離れており、かつ私を知らない貴族へ協力を頼むのが必須だろう。

……唯一、望みに近い方がいる。

「――お客さん、着きましたよ」

そう思っていた時、窓の外で流れていた景色が止まった。

声を掛けられて扉の外を見る。そこはちょうど、フィンブル領の領境《りょうざかい》を越えた所だった。

無事に領地を抜けたようだ。

領地の境を越えれば、父の権力は及ばないため、連れ戻される心配はなくなったけれど……

「御者の方……申し訳ありませんが、別に向かっていただきたい場所があるのです」

「はい構いませんが、追加の料金を……って、貴方様は……もしや……!?」

馬車の扉を開けて待っていた御者が、私の顔を見てあんぐりと口を開ける。

名前を叫ばれそうになったため、慌てて唇の前で人差し指を立てた。

「ごめんなさい……誰にも言わないでください」

「そ、そんな。恐れ多い。俺の方こそ、気が付くのが遅れまして申し訳ございません」

そう言って深々と頭を下げる御者に慌てて首を横に振り、トランクの中から金貨を探り当てる。

「追加料金と言ったでしょう。……この金貨で指定の場所へ向かっていただけますか？」

そう言って。御者へと十枚の金貨を渡す。ズシリと重い重量を感じとり、彼は瞳を見開いた。

「こ、こんなに頂けませんよ!?」

「口止め料も入っていると思ってほしいの。……頼めるかしら？」

そう言うと御者は周囲を見渡した後に、小さく頷いた。

「かしこまりました。ど、どこへ向かえばいいのですか？」

「ライオネス辺境伯領……辺境伯様の屋敷に向かってほしいの」

そう言うと、御者が再び目を見開いた。それも当然だろう。

ライオネス辺境伯領とは、私も訪れた事がないほど王都から離れた地にある場所だ。

領民たちとも会った事がないため、私の素性が知られる恐れはない。

加えて現在の辺境伯当主、ディラン・ライオネス様は社交界には顔を出さず、王家の式典でさえも書簡で済ませている変わり者だ。

顔を互いに見た事もない関係なため、今の私にはとても都合がいい。

そして隣国との境を守護する辺境伯という立場は、王国でも一、二を争う立場。

当然ながら賢人会議を開く権利も持っている。ぜひ私の目的のために、協力関係を築きたい。

「辺境伯様の屋敷で……よろしいのですか？」

私の言葉に、御者が動揺した素振りを見せていた。

驚いている理由も分かっている。辺境伯について、きな臭い話が王都で出回っているのだ。

それは、かつて乱心した辺境伯が使用人の首を切ったという噂。

信憑性はないが、私が側妃となってから王宮の皆が話していた。

噂が王都まで広がり、いつしか『首切り辺境伯』なんて呼ばれて、恐れられていると聞く。

だからなのかは分からないけれど、ライオネス辺境伯領では使用人が常に足りていないという。

だが逆に言えば、その状況を利用して使用人として潜り込めれば、身を隠して辺境伯に接触する事もできる可能性が高い。

「頼みます」

だから私は迷いなく御者へと頷き、目的地へと向かってもらった。

◇◇◇

「クリスティーナ様、もう少しで辺境伯様のお屋敷です」

三日ほど馬車を走らせた頃、御者が緊張した声色で私へと声をかけた。

「ここが……辺境伯領……」

馬車の車窓から顔を出せば、国境線上に立つ広大かつ強固な防壁が見えた。

先の見えぬほどに長い防壁が、隣国との国境線上に建っているのだ。

噂には聞いていたが、ここまで堅牢な守りを築く領地だとは知らなかった。

物騒にも思えるが、それには理由がある。

この地は二十五年前まで隣国との戦争があり、領地を攻め合っていた場所だ。

二十五年前に隣国からの大きな侵攻を我が国が退けてから、両国ともに疲弊して休戦状態になってはいるが、今でも小さな小競り合いは続いている。

グリフィス王国と隣国との関係は緊張状態であり、今も隣国は攻め入る機会を窺《うかが》っていると聞く。

そのため王家は辺境伯にこの地の守護を任せるため、大きな軍事力と権力を与えているのだ。

いまや辺境伯領の兵士の数は王家をもしのぐかもしれない……と、王妃教育の合間に半分冗談めかして教えてくれたルイード様の言葉を思い出す。

とはいえ実際に領地に入れば、領民の雰囲気は殺伐とはしておらず、どこか牧歌的だった。

防壁の内側には農地が広がっており、領民の表情は穏やかだ。街の賑やかさも王都と変わらない。

物々しい噂ばかりで少し緊張していたけれど、ほのぼのとした景色に少し心が安らいだ。

この危険な地で領民が不安のない安全な日々を過ごしているのは、恐らく辺境伯様の手腕だろう。

「この辺りに辺境伯様の屋敷があるそうです、クリスティーナ様」

「遠い所までありがとう、本当に助かったわ」

そして馬車が停まり、御者が扉を開いてくれた。

今度こそ馬車を降りて、目的地まで送り届けてくれたお礼を告げれば、彼は首を横に振った。

「そんな、礼を言うのは俺ですよ」

「……貴方が？」

「ええ。四年前に俺の村で疫病が流行《はや》った時、クリスティーナ様が医師団を派遣してくださったおかげで、村の皆と家族が今も無事に暮らせております」

彼が言った言葉で思い出す、たしかに四年前、王都の西側にある小領地内で疫病が流行《はや》った。

すぐに医療団の派遣を提案したけれど、その必要はないとランドルフに却下されたのだ。

しかし疫病が広がれば手の施しようがなくなる。だから私が私的に費用を払って医療団を派遣した。結局、医療団の適切な処置によって疫病が王都まで広がることはなかったが、ランドルフには
「やはり気にしすぎだっただろう」と馬鹿にされたものだ。

苦い思い出がよぎって、わずかに頭が痛む。しかしそれを見せないように、私は彼に微笑んだ。

「あの時の……元気そうで良かったです」

「皆が感謝しております。本当に……会えて光栄です!!」

それにしても、なんて偶然だろうか。

かつて疫病で苦しんでいた人々が、こうして元気に暮らしている姿を見られて嬉しい。

御者が目を輝かせている姿に微笑むと、彼はふと首を傾げた。

「と、ところでクリスティーナ様が……どうして辺境伯領にまで？」

――そうか、まだ民達は私が廃妃にされたことを知らないのだろう。

王家が公表していない可能性がある。ならばいっそ私から、民に真実を広めてしまおうか。

王家に都合良く捏造された内容を公表されるよりはずっといいかもしれない。

「……実は、聞いてほしいことがあるの」

この巡り合わせはきっと偶然ではないと信じ、私は彼へと廃妃にされたことと、理由を告げる。

御者の男は話を聞いて、みるみるうちに顔色を悪くした。

「そんな……クリスティーナ様が……」

「私の話を信じるかどうかは、貴方次第です」

ランドルフにより廃妃にされた事も、冷遇された事も裏付ける証拠はない。

だから、素直に信じてもらえるとも思っていなかったが――

「俺は……信じます。貴方が側妃に相応しくなかったなんて、あり得るはずがない！」

彼はまっすぐに私を見つめて頷いてくれた。

「ありがとう……」

「もし、俺にできることがあれば言ってくださいね！　なんでもいたします……！」

重ねるようにそう言われて、一瞬迷う。けれど、目の前の彼は言葉に偽りなどないと言いたげに、きらきらとした目で私を見上げてくれていて、その眼差しに自然と頼ってしまいたくなる。

「……では、この話を皆に広めてくれますか？　私には非がないと多くの者に伝えてほしいの」

「もちろんですよ！　貴方から受けた恩をようやく返せます！」

御者は嬉しそうに笑い、気持ちのいい返事をしてくれる。

かつて彼らに少しでもと差し出した手が、巡り巡って私の力となってくれることに心が弾んだ。

「本当に……ありがとう」

御者へ感謝と別れを告げ、走り去っていく馬車を見送った。

そして、手近な人間に尋ねて辺境伯の屋敷を探す。やはり辺境伯領には私を知る者はいなかったようで、私の正体はばれることなく屋敷を見つけ出せた。


「ここが……ライオネス辺境伯様の屋敷」

辺境伯様の屋敷は無骨だった。装飾もない門の前には門番すらおらず、ツタが絡まっている。噂通り人手不足が窺《うかが》えた。奥に広がる庭園は芝生しかなく、華美な花々を好む王都の貴族とは大違いだ。夕暮れなのに明かりも少なく、どこか不気味な雰囲気だ。

この屋敷に住む辺境伯様は、噂通り『首切り辺境伯』と言われるほど残虐な方なのでは？

一瞬そんな不安を感じ、慌てて首を横に振る。

賢人会議を開くために辺境伯様の力は必須だ。協力してもらうためには怯えていられない。

その思いで歩を進め、玄関扉を握った拳の背で叩く。

暫しの時間が経ってから扉が開き、隙間から鋭い眼光が私を見つめた。

「どなたですか？」

声色はしゃがれている。年老いた男性だろうか。

私は慌てて彼に用件を伝えた。

「突然申し訳ありません。使用人を募集していると聞いて伺いました……」

「お名前は？」

そう聞かれて、一瞬正直に名乗りそうになった口を噤《つぐ》む。

顔は知られていないだろうが、流石に王国側妃の名前は知られている可能性がある。

「……ティーナと申します」

「……どうぞ」

一瞬で考えた偽名を名乗ると、ガチャリと扉が開かれて、声の主がようやく見える。

話していた相手はやはり年配の男性で、服装を見れば執事であることが分かった。

「この屋敷の執事を勤めているドグと申します。まずは応接室にご案内しますのでこちらへ」

屋敷の不気味な雰囲気とは反対に、彼の物腰は柔らかい。

案内されるまま、応接室のような部屋へと入らせてもらう。

「旦那様をお呼びしますので、暫しお待ちを」

ドグさんは一切の乱れのない所作で礼をして出ていってしまう。

それから暫しの時間が経つと、廊下をこちらに向かって歩くような足音が聞こえた。

ドクドクと鼓動が鳴り、心臓に悪い緊張感の中、姿勢を正す。

「……女か」

入ってきたのは背丈の高く、若い男性だった。

切れ長で深紅色をした目に、漆黒の髪という色の組み合わせはこの国では珍しい。

なによりも目立つのは、その端正な顔立ちだろう。社交界に出れば多くの令嬢を狂わせると断言できる。しかしその美しさとは反対に、彼は凍てつくような無表情だった。

――これが、『首切り辺境伯』。

頭の中でそんなことを呟きながらも、淑女の礼をとる。

「ティーナと申します。辺境伯様の屋敷で使用人の募集をしていると聞き、参りまし――」

「……帰れ」

聞き間違いだろうか……？　開口一番、追い出されそうになっている？

あまりのことに、ばっと顔を上げる。

「り、理由をお聞かせください」

「言う必要があるか？」

鋭い視線を向けられて、思わず黙り込む。そんな私に、ドグさんが隣で慌てた様子で頭を下げた。

「申し訳ありません。旦那様は女性が苦手でして……確かに使用人の募集はしているのですが、条件は男性のみだったのです。しかし……」

そう言ってドグさんはちらりと横の辺境伯様を見上げる。……きっと、その条件ではあまりにも人が来ず、人手不足が改善しない。だからドグさんは私が女性だと分かった上で招き入れたのだ。

確かにこの屋敷の主であるディラン様が労働条件を決める権利はある。

だが、ドグさんが条件を無視して人手を求めている状況なら、付け入るチャンスはあるはずだ。

「女性と話すのが嫌なら、旦那様とは必要最低限しか話しません」

「必要ない……他の者を探す」

「それは難しいはずです。使用人募集をしても人が集まっていないと聞いていますよ？」

あんなに遠い王宮で噂になっていたほどだ。

人探しに苦労している事は容易に推測できる。現に屋敷の中もドグさん以外に人が見当たらない。

「私は貴方の気に障る行動はしません。だからどうか雇っていただけませんか？」

「だ、旦那様。私からもお願いできませんか？」

ドグさんも助太刀するように、言葉を続けてくれた。

ドグさんの頼みもあり、ディラン様は考えるように腕を組む。

長い時間を沈黙で過ごした後、ディラン様は小さく頷いた。

「……一ヶ月の試用期間で決める。だが、この屋敷では俺が絶対だ。どのような異論も許さん」

挑戦的な物言いだが、私にとっては都合がいい。

「承知いたしました。その試用期間で私を見定めてください」

「俺の機嫌を損ねる行動はするな。分かったな？」

不手際があれば、噂通りに首でも切るのだろうか？

上等だ、目的も果たせずに父に連れ戻されるよりは死んだほうがましなのだから。

――辺境伯様と協力関係となり、賢人会議を開いてもらう。

その目的のための一歩は確実に進んだはずだ。

「それでは、今日からよろしくお願いいたします」

「名は？」

「ティーナです」

「当主のディランだ。会話はこれが最後とする」

睨むディラン様に頭を下げれば、彼はすぐに応接室を出ていった。

ホッとして、緊張で握っていた拳を解いて改めてドグさんに視線を向ければ、彼は戸惑っていた。

「よ、良かったのですか？　試用期間ありの雇用では、貴方の生活にも不安が残るでしょう？」

「いえ、私は必ず認められてみせます。これからよろしくお願いいたします。ドグさん」

「あ、貴方がよろしいのならば……同じ仕事仲間として頼りにしております。雇用条件に書いていたように、住み込みとなりますので、お部屋に案内しますね」

ドグさんは私が無理をしていると思ってくれているのだろう、だけど逆だ。

賢人会議を開く権利を持つディラン様には、必ず協力してもらう必要がある。

なので、むしろ彼が試用期間をくれただけでも私にとって好都合だ。

このチャンスを逃さず、私がこの辺境伯領にとって手放せぬ存在だと証明してみせればいい。

協力してもいいと思えるような、対等な関係を築いてみせよう。

そう心に決めて、私はドグさんについていった。

◇◇◇

さて、ライオネス辺境伯邸に住み込み始めて一週間が経った。

使用人としての仕事を順調に覚え、特に問題なく屋敷での仕事を任されているように思う。

しかし、ディラン様の女性嫌いは正直に言って想像以上だった。

「ドグ、練兵のために出てくる」

いつものように玄関から出ていこうとするディラン様を見送る。

「行ってらっしゃいませ」と言った瞬間、彼は不機嫌な表情を浮かべた。

「話しかけるな」

「っ⁉　も、申し訳ありません」

「謝罪も必要ない」

ムスっとした表情を浮かべ、ディラン様は屋敷を後にした。

後ろからひっそりとドグさんに謝罪される。

「ティーナ殿、申し訳ありません。ですが……旦那様の要望には従ってください」

「ドグさん、旦那様はどうしてあれほど女性が嫌いなのですか？」

「それは……私から言うべきことではありません。お答えできず申し訳ありません」

それもそうか……しかし、前途多難だ。

ディラン様の信頼を得ようにも、彼の視線は本気で女性が嫌いであることを伝えてくる。

話す機会もない彼から評価を得るためには、それなりの準備をする必要がありそうだ。


その夜、ディラン様という苦難への対策を考えていれば、もう一つの難が転がってきた。

「ドグ、クリスティーナという女性を知っているか？」

帰宅して夜食を食べていたディラン様から、突然私の名前が出てきたのだ。

慌てて、動揺が表情に出そうになるのを抑える。幸い気が付かれず、ドグさんは答えた。

「確か、グリフィス王国の側妃殿下でしたでしょうか。お名前だけは知っております」

「今日、練兵場にフィンブル伯爵家の遣いが来た。屋敷を出ていったその娘を捜索しているようだ。

廃妃になり、自暴自棄になって出ていったらしい」

思わず眉を顰《ひそ》める。

両親は私が出ていった理由を都合のいいものにすげ変えていると知り、正直不愉快だった。

「そういえば……特徴を聞き忘れていた」

呟いたディラン様は突然、こちらへ視線を向けた。

「お前に発言を許す。この国の側妃について知っているか？」

「……知りません」

「そうか」

真紅の瞳に睨まれ一瞬ヒヤリとしたが、ディラン様はそれ以上聞いてこなかった。

短い問答だったが、ウソは見抜かれていないはずだ。

発言が許されてはいないが、不安を抱えた私は緊張しつつもディラン様に問いかける。

「ディラン様は、クリスティーナ……様の捜索に協力なさるのですか？」

「質問は許していない」

「っ……」

「そして協力する気はない。王都のいざこざに関わりたくもない」

それは良かった。私としても、さっさとこの件は忘れてもらった方が有難い。

こくりと頷いて、それ以上の発言を控える。

するとディラン様は視線を私から離し、ドグさんに向けた。

「ところでドグ、彼女の仕事ぶりはどうだ？」

「はい、仕事を覚えるのも早く。非常に助かっております！」

「そうか……では試用期間後、新しい仕事はすぐに見つかるだろう」

ドグさんと私は目を丸くした。思わず声が出そうになってしまう。

そんな私達を見て、ディラン様はため息を吐いた。

「本気でお前をここで雇うと思ったか？　諦めさせるための試用期間だ。今のうちにどこかで就職先を見つけろ、ひと月分の給金は払う」

「そんな、旦那様！　クリスティーナ様の仕事振りには私も助けられております！」

「ドグ、お前には負担がないよう使用人募集の給金を大きく上げておく。だから諦めろ」

そう淡々と言いつつ立ち上がったディラン様は、私の耳元で小さく囁いた。

「と、いうことだ。妙な行動は起こさず、大人しく仕事を探しておけ」

まるで、私に余計な行動を起こすなと釘を刺すかのような言葉。

慌てて振り向いて声を上げようとしたが、あっさりとディラン様は去っていく。

ドグさんの申し訳なさそうな視線に見つめられながら、私はあることを考え続けていた。

それは、悲観でも絶望でもなく。このまま立ち去ってたまるかという……怒りにも似た挑戦心だ。

前までの私なら、酷い扱いから逃げるために辞めていたかもしれない。

しかし、今の私にはやり遂げないとならない目的があるのだ。

残り三週間程、上等だ。

こうなれば、できる限り……後悔がない程に手を尽くしてみせる。

立場を逆転させるような功績を作り、ディラン様が私に協力を願い出る存在になってみせよう。

試用期間は残り十日に迫った。

ディラン様との関係は変わっていないが、使用人の仕事を行っているだけでもなかった。

厳しい王妃教育に比べれば、使用人としての仕事はさほどでもない。

今日も午前中に全ての仕事を終わらせた後時間をもらって、私はとある施設の扉を開く。

「こんにちは、今日も薬草類を取ってきました」

「おぉ～ありがとうね、ティーナちゃん」

手に持っていた山のように薬草が入ったカゴを、お医者様に渡す。

辺境伯領では隣国との小競り合いが続いている。幸い死者は居ないが、怪我をする兵士は多い。

一方で医者の数は少ないらしく、広い防壁の各地に点在する防衛拠点からは連日、辺境伯様の屋敷近くの医療施設にまで怪我人が運ばれてきて、病床は常に埋まっている。

そこで私は王宮で学んだ薬草学を用い、怪我に良く効く薬草集めを手伝っていた。

ついでに、辺境伯家で雇われている使用人として覚えてもらおうと、傷の手当も手伝っている。

そのおかげで兵士の方々にも広く顔を知ってもらえた。

元は薬草学や手当の方法も、ランドルフが病気をした際に役に立つと思って学んだものだ。

当の本人には『草についての学問など役に立つはずがない』と、一蹴されたけれど。

……ここでは違った。

「今日もありがとうね！　また時間がある時に頼むよ！」

「また来てくれよ～ティーナちゃん！」

「はい！　皆さんも安静にしていてくださいね」

顔を広めるための行いとはいえ、人の命に係わるかもしれないと思うと、ついつい真剣になる。

数少ない医師とも少しずつ協力してもらえるようになり、兵士の方とも親しくなった。

他にも商店の手伝いに農地の手伝いなど、できる限り領地の人たちと接して、私という存在を知ってもらうようにする。

こんなことを、この試用期間で欠かさずに行ってきた。

過密なスケジュールではあるが、目的のためには必要なことなので身を粉にして働く。

それに、作業は何一つとして苦ではない。

ここでは、ランドルフに無駄だと言われた行為の数々が、誰かの役に立つと実感できるのだ。

誰かに明るく感謝されることで、過去に受けた罵声は少しずつ遠いものになっていった。

◇◇◇

そうして、試用期間が残り八日となった夜。

私の想い描いていた計画は、確かに実を結んだ。

「……ティーナ、お前に聞きたいことがある」

ディラン様はいつも通りの無表情のまま、深紅の瞳に私を映した。

その表情に慣れた私は無言で微笑む。するとすぐに「発言を許可する」と彼の言葉が続いた。

「どうかいたしましたか？」

「お前を正式に辺境伯領で雇用してほしいと、医者や兵達、農家が口を揃えて要望している……それも一人や二人ではない、なにをした？」

「手伝いをさせてもらっていただけですよ」

「その手伝いとやらは、使用人としての職務を放棄してのことではないだろうな？」

そう言われると思ったから、まずはこの屋敷でやるべきことを全力で覚えたのだ。

ただ、そう答える前に、ドグさんが代わりに答えてくれた。

「旦那様、ティーナ殿の仕事に一切の支障はございませんよ」

そう言って、ドグさんは私に微笑んでくれる。その助力に心で感謝して微笑み返す。

誰よりも私の仕事を見てくれている彼だ、これ以上の説得力はないはずと、思ったのだけれど。

「そうか。だが、いくら領民と親しくなろうと……解雇の考えを変えるつもりはない」

ドグさんの言葉をもってしても、ディラン様の冷たい目は変わらなかった。

しかし、万策尽きている訳ではない。この程度は想定内であり、むしろここからだ。

領内から私の名が出るほど存在を示したのだ、後は私が残るべき理由を教えてあげるだけだ。

「では……解雇となる前に旦那様に言っておきたい事があります」

「発言は許可していない」

私の言葉に不機嫌そうな表情を浮かべるディラン様だが、関係ないと、気にせずに微笑む。

「どうせ解雇になるのです。気に入らなければ噂通り、実際に首をお切りください」

「は……？」

すると一瞬ディラン様が予想外のことを聞いたとでも言うように目を丸くした。

いつも眉間に皺《しわ》が寄っているせいで恐ろしく見えていたけれど、驚く姿は年相応に見える。

私はちょっと面白くなりながら、言葉を続けた。

「まず、辺境伯領の農耕について提案があります。領民の方から聞きましたが、最近は作物の育ちが悪く、穀物を別の領地から輸入せざるを得ない状況なのですよね」

そう言うと、ディラン様は気まずそうに表情を曇らせた。

ただでさえ危険な状態である辺境伯領だ。食糧の不安が大きくなれば兵士の士気の低下にも繋がる。ディラン様の手腕によって他貴族から食糧を輸入しているが、まだ根本的な打開策はないのだろう。

「お前に解決できるとでも?」

苦々しく聞かれた問いに、私はあっさりと頷く。

「ええ。原因として考えられるのは度重なる連作です。同じ土壌で同じ種類の作物を育て続けると土壌の栄養の枯渇や害虫被害が増えます。そのせいで作物の育ちが悪いのでしょう」

「なぜ、そんなことが分かる」

「王都近郊で農作業をしておりましたから、少しばかりは知識があるのです」

王都の農地管理を手伝っていて良かった。これらは王宮の研究者に教えてもらった知識だ。

王都近郊では農耕知識が広まっているが、辺境伯領までは届いていないのだろう。

辺境伯領は過去の戦で森林を伐採しており、土地がやせている。連作して収穫が減るのは当然だ。

そこまでを話すと、ディラン様は私を睨みつけた。

「お前の言葉を信じろと？」

「それはご勝手にどうぞ。話を戻しますが、この連作の対策として、同じ土壌で小麦だけではなく様々な作物を順に育てる、輪作を提案します。これらは王都近郊の農耕方式です」

チラリと見ても、ディラン様からの反論はない。

正直、遮らずに聞いてくれるだけでランドルフよりましだなと、呑気に考えた。

「もちろん連作しても良い作物もあります。それに辺境伯領の地質を調べればできる事も増えるでしょう。これから領土内の自給率を向上させるため、助力を考えていたのですが……」

私を解雇すれば、その可能性が消える事を暗に伝えれば、ディラン様は苦々しい表情となる。

だが、当然ながらここで終わらず、さらに追撃となる話を彼に伝えた。

「もう一つ、辺境伯領は医療者の人員不足という問題を抱えていますね？」

「っ!?　それもどうにかできるというのか？」

ディラン様はついに身を乗り出して尋ねてくる。医療問題にかなり頭を悩ませていたようだ。

彼は期待の眼差しを向けてくるが、手に入れた交渉材料を簡単に明かす訳にはいかない。

望み通りの展開に頬が自然と緩むのを抑えつつ、彼へと首を傾げる。

「もちろん、提案がございます。が……私は解雇される身。そこまで助力する気はございません」

「な……」

「どうしてもというのであれば、相応の頼み方を願います。そして約束してください。実際に医療問題を解決する助力ができたなら、私をこの屋敷で正式に雇用してくださると」

そう言って見つめると、ディラン様がグッと言葉に詰まった。

今回の交渉で辺境伯様に賢人会議を開く協力をしてもらう事も考えたが、彼からの信頼がない状況で強制するのはむしろ悪手だ。とりあえずは、身を隠せる今の状況を保つ事を優先したい。

そのために領民たちの健康や医療を盾にとるのは――かなり悪人のようで、気が引けたけれど。

これは当主であるディラン様にとっては、決して悪い話でもないはずだ。

「条件が呑めなければ、私は残りの期間を待たずに辺境伯領を出ていきます」

「……どうせ、お前のハッタリだ」

「信じるかどうかは勝手にと申しました。それに……私は別に解雇となっても構いませんから」

そこまで勝手に話しても、ディラン様はもう何も言わない。

いや、言えないだろう。私と彼の立場は完全に逆転していた。

それに、彼はこの提案を断れないはずだ。

実は、領民から聞く彼の評判はとても良かった。様々な問題を抱えつつも領民たちが長年豊かに暮らせているのは、ひとえに彼の外交能力の高さあってのものだ。

領民のために私財を払ってまで、食料を他の貴族領から輸入していたとまでいうのだ。

それほど領民を想う彼だからこそ、領民からの信頼を受け、多くの問題を解決する糸口を持った私をもう蔑《ないがし》ろにはできないはずだと……続く彼の言葉で考えが確信に変わった。

「お前の提案を受け入れる」

「だから？」

「っ……だ、だから、解決方法があるなら教えてほしい」

頬を朱に染めたディラン様が頭を下げる。

その姿にはいつもの居丈高《いたけだか》さはなく、ここまでさせてしまった事に罪悪感はあった。

――でもよかった。この方は、領民のための選択をしてくれたのだから。

「教えてくれるか？」

「はい！　もちろんです。こちらこそ、無茶なことを言って申し訳ございません」

思わぬ嬉しさににっこりと微笑むと、彼が目を丸くする。

その驚きをさらに大きなものにするべく、私はさっそく医療問題の解決策を述べた。

「では、まず王宮内の医療者へと、ディラン様から人員を募ってください」

「王宮の医療者に辺境伯領に来いと言うのか？　受ける者などいるはずがない」

「私のことを信じてお願いしてくださったのでしょう？　まずは言った事に従ってください。私の試用期間は残り八日ですので、それまでは彼らからの返事を待っても良いでしょう？」

ここから先は、私が今までやってきたことを信じるだけだ。

彼を見つめると、ディラン様はぐっと眉間に皺《しわ》を寄せた。

「お前は……一体、どうしてそんな事を」

「その質問に今は答えません……まだ正式な使用人ではないのですから」

ニコリと笑えば、ディラン様は苦虫を噛み潰したような表情ながらも、素直に頷いてくれた。

◇◇◇

八日後、ディラン様に呼ばれて執務室へと入る。

要件は分かっているので前置きなく結果を聞けば、彼は机の上に置かれた紙束を指さした。

それは王宮内の医療者からの返事だった。要求を受け入れて辺境伯領に来る旨が書かれている。

彼らの知識や経験は、じきに辺境伯領の医療施設の不足問題を解決していくだろう。

ディラン様はいまだに信じられないと言った面持ちで、こちらを見つめている。

「何をした？」

「……お答えは控えます」

私がした事はただ一つ。辺境伯領から出した要求書に私の名を小さく書いておいただけだ。

以前、ランドルフは前王の病気が改善しないからと医療者の給金を下げたり、解雇しようとしたりした。それを止めるため、大臣と共に奮闘した過去があり、王宮医師たちとの親交が深い。

だから、要求書に私の名前があれば応えてくれると思っていた。

賭けに近かったが、どうやら私は勝ったようだ。

「結果は出ましたね。ディラン様……約束を果たしてください」

そう言うと、ディラン様は思ったよりも抵抗することなく、執務机の引き出しから書類を取り出す。

そこにはすでに、私の名前が記載されていた。

「ティーナ。お前を正式に雇用させてほしい」

よし……とりあえずの目的は達成できた。

そう思っていた私へと、ディラン様は書類を手渡したかと思えば、深々と頭を下げた。

「そして、今までの非礼を謝罪させてほしい」

「っ……!?」

「そもそも、領民からの訴えの時点で意見を変えなかったのは俺の意地だ。すまなかった」

「頭を上げてください！　ど、どうしていきなり……」

「ここまでの手腕を見せられて、相応の礼義もなく接する訳にはいかない」

――私はランドルフが下した評価を間違いだと証明するために戦うと決めた。

その第一歩であった辺境伯様が、私を認めてくれたことを嬉しく思う。

同時に、目的のために彼に無理を強《し》いたことに、申し訳ない気持ちも当然ながらあった。

だからこそ、ここまでしてくれた彼には、良い判断をしたと思えるような結果を示してみせよう。

「ディラン様……顔を上げてください。貴方の選択が後悔のないものとするため……辺境伯領の問題に全力で取り組ませてもらいます」

「あぁ……頼む」

そう言って頭を上げた彼の表情は渋いままだったが、鋭い視線は消えていた。

女性嫌いの辺境伯、そして彼を利用する私。

奇妙な共存関係はここから始まった。

後悔・二 (ランドルフside)

クリスティーナを廃妃としてから、もう二ヶ月が経った。

恐ろしいことに、未だにあの女について報告をしていた文官達が王宮に来ていない。

廃妃の決断をとったのは、あの文官達の報告があってのものだったのに。

「文官長、どういうことだ！　奴らをさっさと呼び出せ！」

「も、申し訳ありません。彼らが一斉に行方をくらまし、現在は早急に捜索させています」

「は？　ゆ……行方不明だと？」

クリスティーナは政務ができないと報告をしていた者達の所在が急に消えた？

まるで、報告の証拠を求めている俺から逃げているようで、途端に不安が胸に宿る。

俺はもしかして……何か大きな間違いを……？

そんな不安を振り払い、文官長へ叫ぶ。

「早急に見つけ出せ！」

「は、はい！　承知いたしました！」

「それと、奴らから今まで受けていた報告書もお前に渡しておく。奴らが不在の今、この報告書が真実であると示す証拠をお前が集めろ！」

「……その、恐らくこれは……」

「虚偽だとでも言うのか!?　俺が騙されていたと言うのならお前の首が飛ぶぞ！」

「も、申し訳ありません！　早急に報告書の真偽も確かめさせていただきます！」

慌てて出ていった文官長の背を見送った後、大臣のルイードがやってきた。

そして今日も、聞きたくない報告がなされる。

「陛下。王宮医師二十名が今月で辞職すると報告がありました。他にも使用人が十五名、近衛兵が十二名……同様に辞職を申し出ました」

これは毎日のように聞かされている報告だ。王宮から流れ出ていく人員には歯止めが効かない。

既に王宮使用人の三割にも及ぶ数が、辞職している。

理由を尋ねても、王妃教育の講師同様に、皆が俺へと愛想を尽かしたというのだ。

「いい加減、代わりの人員を確保しろ！　ルイード！」

使用人が減っていくに従い、明らかに王宮内の清掃や警備が行き届いていないのを感じる。

特に正妃マーガレットの侍女の辞職率はとても高く、今や彼女の身の回りの世話する者がいない。

そのせいでマーガレットの愚痴がこちらにまで及び、俺の苛立ちも日に日に募っている。

しかし、代わりの人員を探せと言った俺に、ルイードはあっさりと首を横に振った。

「残念ですが陛下、人員の確保は見込めません」

「は？　なぜだ！」

「クリスティーナ様は民達からの支持がとても高かった方です。そのため、彼女を廃妃した陛下へ、民からは怒りの声が上がるばかりで、応募に応える者がいないのです」

「な……っ！　どうして民達がクリスティーナを廃妃したことを知っている!?」

まだ公表していなかったはずなのに……どうして。

その疑問にも、ルイードはまるで知っていたかのように平然と答える。

「情報の出所は分かりません。しかし、もはや廃妃の件は王国中に周知されており、貴族達からも非難の声明が上がっております」

「お前が対応して収めろ！」

「……できません」

ルイードの、何を言っているんだと言わんばかりの表情に、奥歯を噛みしめる。

無茶なことを言っているのは分かっていたが、俺には対応できない事情があった。

「せ、せめてこの忙しい状況をなんとかしろ！　今の政務の量では民達を説得する時間もないではないか！　いきなり大量の仕事を振られても分からぬぞ！」

「それらは、今まで陛下がクリスティーナ様に丸投げし、彼女が代わりに行っていたものです。彼女は政務の報告書を欠かさず送っていたはずですが？」

クリスティーナからの報告書？

思えば……どうせ嘘だろうと、目も通すことすらせずに捨てていた。

それが本当だったというなら、これだけの政務をあの女が引き受けていたというのか？

腹が立つことばかりだ。

クリスティーナを廃妃にしたことを、皆が口を揃えて間違いだと指摘してくる。

加えてあの女が行っていた政務は、俺が受けていた報告とはまるで違っていた。

今まで皆が騙されていると思っていたが……俺が誤った情報に踊らされていたのでは……

考えた瞬間に疑心が溢れるが、その迷いを振り払う。

国王たる俺が迷ってどうする。

たった一人の女を切り捨てたせいでこの結果を招いたなど……王として認められるはずがない。

「早急に対策を考えろ!!」

「それは、陛下が考えることです」

「な、なら！　クリスティーナを連れ戻せ！　王宮内の仕事だけでも継続させろ！」

「クリスティーナ様は現在、行方不明という報告を受けました。連れ戻すことは難しいでしょう」

「な……」

あいつを連れ戻せないのなら……今の俺にどうしろと言うのだ。

俺が呆然としていると、ルイードはゴクリと唾を飲み、口を開いた。

「陛下、クリスティーナ様が貴方を支えていたのは事実です。今すぐに廃妃は王家の非であったと認めて謝罪の声明を出しましょう。今ならまだ間に合うかもしれません」

「ならん！　俺の選択が誤っていたというのか!?　それに、間違いを認めて謝罪などすれば、今後の王政に不信が募るだけだ！」

「気付いてください！　もうそうなっております！」

「黙れ！　くそ……どうしてこうなった！」

思わず声を荒らげる。俺が知るクリスティーナと、周囲が知るあの女の功績の食い違い。どちらが真実なのか、もはや分からなくなってきた。

「少し……一人にさせろ！」

今は王座の間から出ていこう、この苛立ちでは冷静な判断もできない。

そう思い、「どこへ行かれるのですか！」というルイードの声を無視して、外へ向かう。

逃げるように王座の間を抜け、すっかり人が少なくなった王宮を行く当てもなく歩く。

王宮内は埃が視認できるほど積もり、目が合う度にお辞儀をしていた使用人達の姿もない。

「……くそ、これも全てはあの女のせいだ」

行く当てのない怒りを、どうしようもなくクリスティーナへと向けてしまう。

だが、その怒りを聞く者すらいない。黙って俯いていれば、突然背後から声をかけられた。

「陛下、大丈夫ですか？」

視線を向ければ、容姿端麗な騎士が頬に笑みを浮かべて立っていた。

「お前は……？」

「お忘れですか？　近衛騎士団長のエドワードです」

名を聞いて思い出した、エドワードとは俺が近衛騎士団長に任命した者だ。

近衛騎士団は訓練の時間のはずだ。呼んでもいないのに彼が居る事を不審に思い、問いかける。

「何の用だ？」

「実は、陛下にお礼をするために参ったのです」

エドワードは涼しい顔立ちに笑みを張り付け、片手を胸に置いて優雅な礼をした。

「クリスティーナ様を廃妃にしてくださり、感謝いたします」

「……どういう意味だ？」

他の皆と違う言葉に疑問を感じると、エドワードは笑顔を崩さないまま答えた。

「言葉通りです。ようやく廃妃という決断をしてくださり嬉しく思っています」

「お前に感謝してもらう必要はない。これは俺が決めたことだ」

クリスティーナを廃妃にしたことを喜ぶ者を初めて見たが、それにかまう気力すらない。

早くどこかへ行けと手で追い払うと、エドワードは美しく微笑んだ。

「本当に、良い判断をしてくれました。なにせ……貴方を愛して支えてくれたはずのクリスティーナ様を、他でもない貴方が虐《しいた》げていた状況から、ようやく解放なさってくれたのですから」

「っ……クリスティーナが俺を愛していただと？　そんなはずが……」

戸惑いの言葉を述べながらも、自信が揺らぐ。

マーガレットは、クリスティーナは王妃となってから俺への愛をなくしたと言っていた。

しかし、皆から聞く話はまるで真逆だ。

どちらが正しいのか分からない。だから少しでも彼女を知りたくて、エドワードに問いかける。

「……お前が知るクリスティーナは、どのように俺を支えていたというのだ？」

「皆が言うことと、そう変わりませんよ。ただ、マーガレット様を信用するのは間違いでしたね」

それだけを言い残し、エドワードは若干の笑みを残してその場を後にしていく。

「本当に、いい判断をしてくれた……これでようやく……あの方を――」

ブツブツと独り言を呟くその背中は、なぜか不気味にも思えたが、もうどうでもよかった。

一人残された俺は、彼が告げた言葉の意味を考えていた。

マーガレットを信用するのは間違いとは……彼女が嘘を言っているというのか？

「あら、ランドルフ……ここで何をしているの？」

その時声をかけてきたのは、当のマーガレットだった。

赤い縦ロールがふんわりと揺れ、黒の瞳が潤みながら俺を映している。

「どうして、クリスティーナが使っていた部屋に来ているの？」

その言葉にハッとした。確かに目を向けると、そこはクリスティーナに与えた一室の前だった。

無意識に彼女の部屋の前に来ていたのは、疑問の答えを求めてだろうか。

俺は、自分の行動の理由も言えず、慌てて言い訳を取り繕った。

「少し、用があって……」

「そう、でもランドルフ。こんな所にいても何もないわよ？　クリスティーナは貴方を嫌っていたから、この部屋には貴方との思い出なんて何も残っていないわ」

「そう……だな」

マーガレットの言う通り、クリスティーナは俺に愛など抱いていなかったはずだった。

愛する人とは常に傍に居るものであり、俺から離れているなどあり得ない。

だが皆が言っていた彼女の功績が真実なら、もしかすると彼女は俺から離れていた訳ではなく、王となった俺を支えるための激務に追われていたのではないか――

その答えを求めて、マーガレットへと視線を向ける。

「なぁ、マーガレット……俺がクリスティーナに愛されていなかったと、お前は言ったよな」

「ええ、もちろんよ。愛しているなら私のように傍にいるはずでしょう？　それに……私は彼女から直接貴方が嫌いだと聞いたわよ？　以前にランドルフにも言ったでしょう？」

マーガレットの言葉通り、彼女はクリスティーナの本音を聞いては俺に報告してくれていた。

酷い結果を聞く度に心が傷ついた。同時に、慰めてくれたマーガレットへの愛が膨らんでいった。

二人は同性同士だからこそ、赤裸々に全てを明かしているのだと思っていたが。

今は……マーガレットの言葉を全て信じていいのか分からない。

「少し、クリスティーナの部屋を見てみる」

「え？　そんなことより、庭園にでも行ってお茶でも飲みましょう？」

マーガレットは豊満な肉体を俺の腕に絡め、美しく微笑む。そんな彼女を信じたい気持ちはある。

しかし真実を求める気持ちが、自然とクリスティーナの部屋へと足を進ませた。

『クリスティーナ様を知ってください』という、皆の言葉に従ってみることにしたのだ。

――あいつは本当に、俺を愛してくれていたのか。

その真実を知るために、部屋の扉を開く。

当然ながら廃妃によって部屋の小物は処分され、家具以外になにも残っていない。

だが、その家具はクリスティーナの王妃教育時代に俺が贈ったものだった。

部屋に置かれていた年数を思えば、傷がついていてもおかしくない。

なのに、そっと指で撫でても家具には傷はなくて、丁寧に使われていたのだと分かる。

ふと、部屋にある窓から外を見て、幼い頃に二人でこの窓から夜景を見た時を思い出した。

思えば記憶の中のあいつはいつも、深紅のドレスを着ていた。

俺の好きだった赤色だ。

髪も、俺の好みに合わせて腰まで長く伸ばしている……なんて言っていたな。

「……っ、これは？」

その時ふと、部屋の隅に何かが落ちているのに気付いて拾い上げた。

それは干からびた三つ葉の破片だった。忘れはしない。これは俺がクリスティーナに初めて贈った栞に貼った押し葉のクローバーだ。

「どうして、こんな古い物が」

あいつと初めて会った時の贈り物だ、もっと良い栞などいくらでも手に入れる事ができたはずだ。

こんな不出来な押し葉の栞を、どうして未だに持って……

「そういえば……四つ葉を渡す約束をしていたな」

思い出したのは、クリスティーナに感謝を示す証として四つ葉の栞を渡す約束だった。

まさか、そんな約束を信じてずっと持っていたのか？

これだけの月日が流れても、初めて会った時の約束を信じて栞を持っていたのか?

「クリスティーナ……お前は本当に俺を……愛して……?」

……不思議な気持ちだ。

俺はクリスティーナに嫌われていると思い、突き放してばかりだった。

なのに、彼女が去ってから知るのは、愛を感じ取れる話ばかり。

さきほどマーガレットが言っていた、この部屋には思い出の物などないという言葉とは真逆だ。

やはり、俺は大きな間違いを犯している……そう迷った俺の背中に、マーガレットが抱きついた。

「ランドルフ……それって」

三つ葉を見つめたマーガレットの声に答えようとした瞬間だった。

彼女は破片を手に取り、それをためらいなく窓から捨てた。

思わず目で追ってしまった。

唯一残ったクリスティーナとの思い出が、風に乗って手の届かぬ彼方へと流れていく。

「な……なにをして」

「それってあの女の物でしょう?　そんなの残されて迷惑よね、ランドルフも」

「マーガレット……あれを知っているのか?」

「え?　あ、あぁ。もちろん。クリスティーナが自分で破いていたもの」

「っ……そう……なのか?」

それほどまでに嫌われていたのかと一瞬胸が痛むが、マーガレットの視線が泳いでいることに気が付いた。だが、彼女はこれ以上聞いてほしくないように話を逸らす。

「そうだ、ランドルフに頼みがあるの！　侍女がちょっと手を出したらまた辞めてしまったから新しいのを用意して。それとドレスも欲しいわ！　私は正妃なのだから常に美しくないとね」

いつもと変わらないマーガレットのワガママだ。欲しいものを欲しいとねだる姿は前までは可愛いと思えたのに、今はどうしてもクリスティーナと比べてしまう。

クリスティーナは……そんなワガママを一度も言ったことなんてなかった。

「ランドルフ！　私は貴方を愛しているのだから、貴方もそれに応えて愛してね！」

迷う俺に対して、彼女は要求を伝え終わって満足したのか、さっさと去ってしまった。

一人残った俺は、再び窓へと視線を移して地面に落ちたはずの三つ葉の栞を探した。

「クリスティーナ、お前は約束を待ち続けて、栞を残してくれていたのか？」

もしそうなら、皆の言う通り……本当にクリスティーナは俺を愛してくれていたかもしれない。

その証明が欲しくて、俺は階段を下り、窓から見えた先の地面に這いつくばる。

あの小さな欠片《かけら》が見つかるはずないのに、それがあれば、彼女の愛を知れる気がして——

「……あの。陛下」

「っ……誰だ⁉」

ふいに背後から声をかけられて振り返れば、かつてクリスティーナの侍女だった者がいた。

みっともない姿を見られてしまったが、もうどうでもいい。

「なんの用だ」

「失礼ながら、先程のマーガレット様との会話を聞いてしまいました」

侍女は拳を握り、声を強めて言葉を続けた。

「実際にはマーガレット様が……クリスティーナ様の大事になさっていた栞を破いたのです。クリスティーナ様はむしろ、そのことに酷く心を痛めておりました」

「なっ……」

「その場にいた皆が見ております。クリスティーナ様の名誉のため……それだけお伝えいたします」

侍女はそれだけを伝えて去っていく。俺の様子などそもそも気にしてもいないようだった。

「マーガレットが……俺に嘘を……」

侍女によって明かされたマーガレットの嘘。

一つの嘘が明らかになれば、今までのことも疑ってしまう。

マーガレットはクリスティーナが俺に愛想を尽かしていて、王妃になるのが目的だったと言った。

だが、実際には皆の言う通りにクリスティーナはずっと俺を愛してくれていたとしたら？

「……俺は誰を信じればいい」

風に乗ってしまった栞のように、もうクリスティーナには手が届かない。

真偽はまだ分からない。

しかし……心の中でクリスティーナの評価は大きく変わっていた。

彼女を想って辞職した者、彼女が行ってきた政務、残してくれていた二人の思い出。

それらを知った今、改めて思うのだ。

『役立たずの側妃』……その評価は、間違っていたのかもしれないと。

第四章　次の一手

ディラン様に正式に使用人として雇用してもらい、一週間が経った。

使用人として過ごす日々は正直言って、側妃時代に比べてずっと充実している。

ただ、私の目的はランドルフに誤りを認めてもらうことであり、現状維持ではいられない。

ディラン様に賢人会議を開く協力をしてもらうためにも、どこかで真実を打ち明けるべきだろう。

その計画の一つとして、彼との関係を少しでも変えるために紙面でやり取りを始めた。

報告書のようなもので、私の業務の進捗状況について彼に知らせるのだ。

これなら私の実績を伝えて信用を得られる。それに、私と話すのが嫌な彼にも悪い話ではない。

提案にはディラン様も承諾してくれた。なぜか、少し残念そうだったのが気になったけど。

「よいっしょ……」

そんな訳で、私は目的を進める機会を窺《うかが》いながら、いつもと変わらずに農家の手伝いをしていた。

作業をしている時間は嫌な事を忘れて、次にすべき事を考えられるから好きだ。

「ティーナちゃん、お疲れ～」

「お疲れ様です」

農家の方が水を持ってきてくれたので、少し休憩することにする。

地面に腰を下ろすと、隣に領民の方たちが座り、いつも通り世間話が始まる。

領民とのんびりした会話の時間は、忙しかった側妃時代ではついぞ失われていたもので、何度繰り返しても楽しいものだ。その時、左隣にいた女性がぎゅっと握りこぶしを作って私に言った。

「それにしても、辺境伯様と一緒のお仕事なんて羨ましいわ、優しくて笑顔が素敵よね？」

領民には良い領主であるらしいけど、私は一度たりともあの人の笑顔なんて見た事がない。

私はつい彼女に聞き返してしまった。

「……ディラン様は、皆様から見てどのような方なのですか？」

「え？　どうって……いつも笑顔で、私達にも分け隔てなく接してくれる素晴らしい方よ」

あの女性嫌いのディラン様が？

意外だったが、確かに領主が女性嫌いを領民にまで向ける訳にはいかないか、と自分を納得させる。屋敷での姿も見てみたいと目を煌《きら》めかせる女性に、私は当たり障りのない返事をしてその場をしのいだ。実際は女性嫌いなんて真実を知らない方が幸せなこともあるだろう。

それから農家の方々は別の作業に向かったので、一人となった私はぼうっと空を眺める。

今頃、王宮はどうなっているのだろうか……

王宮の医療者達が辺境伯領に来るのは来月頃なので、その際に近況を確認しておこう。

大臣や使用人達……近衛騎士のエドワードも、どうしているか聞いておきたい。

そんなことを考えていた時、後方から草を踏む音が聞こえて、振り返る。

「っ……!?」

驚きが顔に出てしまった。なにせ振り返った先にディラン様がいたのだ。

勲章のついた騎士服を着ており、領内の兵士の訓練中にこちらを訪れたのだと分かる。

相変わらず面構えは女性を泣かせそうな程に美しいが、鉄のような仏頂面で台無しだ。

本当に笑顔など浮かべるのだろうか……と見つめていると、ディラン様が深紅の瞳で見つめ返してきた。

……そっちが来たのだから何か言ってほしい。

「……なにか用ですか？」

「汚いと思うか？　その泥や汚れ」

ディラン様が、私の服を指さした。意外な質問に目を瞬《またた》かせる。

今着ているのは、ドグさんが用意してくれた農作業用の動きやすい服装だ。

それに、農作業をしていれば泥や汚れなんて当たり前で、汚いなんて考えたこともない。

「この泥や土が食材を育んでいるのです。感謝こそあれ、汚いなんて思いません」

「そうか……」

私の返事にふいっと顔を背けると、ディラン様は踵《きびす》を返して去っていく。

何を考えているのか……全く分からない人だなと思いつつ、その日の農作業を終えて屋敷に戻る。

すると見知らぬ服が数着、私の部屋の机に置かれていた。真新しい農作業用の服だ。

新しいものを用意してくれたのか、とドグさんに尋ねると、笑顔で首を横に振られた。

「旦那様から、自由に使ってほしいとの事です」

「ディラン様から？」

まさか私のために用意してくれたのだろうか。

「それでは……ディラン様には、お礼をお伝えしてもらっていいですか？」

「はい、承知いたしました」

何を考えているのかよく分からないが、少しは私のことを認めてくれているのかもしれない。

なにせ最近のディラン様は、私に嫌な表情を見せることも厳しい言葉を投げかけることも一切なくなっていた。

その日から作業中に話しかけに来ては、特に会話もせずに去り、小さな贈り物が自室に置かれる。

そんなよく分からない行動を繰り返す彼との関係は、ある一件からさらに変わることになった。


ある日、ドグさんが不在だったため、私がディラン様の執務室へコーヒーを届けに行った。

執務室で作業をしている彼の横に、物音を立てぬようにカップを置く。

「……あ」

給仕を終えて静かに執務室を出ようとした際、ディラン様が作業する書類にわずかなミスがあるのに気付いてしまった。たまにある、集中していても起きてしまうような軽い計算ミスだ。

正直、指摘するかどうか迷った。声を出して指摘するのは彼が嫌がるだろう。

迷った末、日々の報告書にそのミスについて記載しておくことにした。

翌日、ディラン様はいつもと変わらぬ様子で昨日の報告書を返してくる。

「……ん」

いつも通りの仏頂面に、短い言葉。ミスについては見てくれただろうか。

そう思いつつ、ぺらりと報告書を開く。

すると、私の指摘の下に、小さく丁寧な文字が書かれていた。

『ありがとう』

些細な言葉だけど、その文字には何度も消した跡が残っている。インクを消すのは大変だっただろうに、この一言を書くためにどれだけ悩んだのだと、思わず笑ってしまう。

その流れで、次の報告書に冗談で書いてみる。

『お礼を言えるのですね』

調子に乗ってしまったかと思ったが、意外にも翌日に再び返事があった。

『いつも感謝をしている』

不思議だ、言葉を交わさない相手なのに文面では短いながらも交流ができる。

そんな些細なことに親近感が芽生えるのを感じたのだ。

私達の仲はこの件をキッカケに、ほんの少しだけ変わっていった。

（ディラン side）


執務中、気が付けば机の上にコーヒーが置かれている。

いつの間にか開かれた窓からは外の爽やかな風が流れてきて、執務の疲れがほんの少し緩む。

ティーナを使用人に受け入れて以後、彼女のこうした小さな気遣いに気付くことが増えた。

こちらが言わずとも使用人として多くの世話を焼いてくれる彼女には、正直助けられている。

同時に、そんな彼女に酷い言動を取っていた自分が情けなくなり、気が滅入る。

忌々しい過去に囚われて、酷い態度をとってしまった。

しかし彼女は俺のそんなちっぽけな意地を吹き飛ばし、自分の価値を証明してみせた。

あの日ほど、自身の浅はかさを痛感したことはない。

なにせ、個人的な感情で優秀な彼女を手放してしまっていたかもしれないのだ。

あのまま解雇していれば、辺境伯領の問題は解決せぬまま、領民は苦しむことになっただろう。

気付かせてくれた彼女には感謝を伝えたい気持ちはあるが、会話の糸口を掴めない。

一応、彼女が提案してきた報告書でのやり取りはある。

しかし……

『これからは報告書を送ります。これで会話は必要ないでしょう？』

提案をしてきた彼女はもう俺と話す気もないようで、胸が痛んだ。

だが当たり前だ。俺からいまさら会話したいなど、どの口が言うのだろうか。

猛省しつつ、彼女の提案を素直に受け入れた。

しかし、日を重ねるごとに領民から彼女の仕事ぶりに対する賞賛の声が数多く届き、興味が募る。

そんな声に押されて、許されないと思いつつ……農場で手伝いをする彼女を見に行った。

畑の中、土をいじって笑う彼女。太陽の下でその日光に負けない程に明るく笑う姿に、酷く心が惹かれ、思わず休憩していた彼女へと近づいた。

振り返った彼女は少し警戒していたが、思っていたよりも素直に会話をしてくれる。

なのに……俺は、罪悪感と後悔から言葉が出ずに、上手く会話もできなかった。

せめて会話に付き合ってくれた礼にと、作業用の服をいくつかドグに見繕ってもらった。

贈り物にしては突然すぎて、気持ち悪くはなかっただろうか……

「……っ、また考え過ぎた」

執務中の息抜きのはずが……気付けば悶々と後悔を繰り返している。

どうにかしてティーナと会話をしたいが、罪悪感から良い糸口が見つからない。

悩みから小さなため息を吐きつつ、今日も彼女から受け取った報告書へ目を通す。

綺麗で繊細な文字。さほど時間をかけずに内容を把握できるのは、彼女の能力の高さ故だろう。

だが、よく見ればいつもと違って隅に小さな文字がある。

その内容は俺の執務のミスを訂正するものだった。

小さく書かれた気遣いに、このまま黙っている訳にはいかないと思い、ペンを握る。

彼女の綺麗な文字と比べてしまえば、俺の文字は拙《つたな》くて……何度も消しては書いてを繰り返す。

一番綺麗な文字で伝えたい。それがせめてもの誠意だろう。

「……よし」

『ありがとう』というたった数文字、これを書くために驚く程に時間をかけてしまった。

返事などなくていい。

少しでも感謝を伝えることができればそれでいいと思いながら、報告の書かれた冊子を閉じた。

翌日、大した期待もせずに開いた報告書には、再び小さな文字が書かれていた。

『お礼を言えるのですね』と冗談交じりの返事だ。

今までの非礼を許してもらえるなんて思っていない。

しかし、彼女がこうして返事をしてくれたことに、心が躍った。

……この報告書に返事すれば、また彼女から返事が来るだろうか。

今からそれが楽しみだった。


（クリスティーナ side）

毎日短くだが文を交わしていると、次第に内容は世間話に近くなっていた。

『明日は薬草類を取りに行くのですが、まだ人の手が入っていない場所はありますか？』

『屋敷から北側の河原近くはあまり人が近付かず、薬草がよく生えている』

『助かりました。最近は寒くなってきたので……手がかじかむようになってきましたね』

『ドグに頼んで手袋を手配する、体調には気を付けろ』

会話を続けているうちに、私を気遣う文章が書かれるようになって目を見開いた。

顔を合わせても表情を変えないくせに、文面では心配してくれるらしい。

ただ、会えばいつもの無表情のままなので、とてもそのような優しさがあるようには見えない。

そう思い、素直に報告書に書いてみる。

『お気遣いありがとうございます。報告書をお渡しするときも、少しは文通のように柔らかい印象でいてほしいです』

『善処する』

その文章は、一番初めにもらった『ありがとう』と同じように何度も消された跡があった。

──翌日、ディラン様と対面すると少しだけ頬を緩めているように見えた。

といっても、そう思おうとすればそう見えるといった程度で、ほとんど変わらない。

その日の報告書で思ったたままそう伝えた。

『変わっていません。もう少しだけ頑張ってください』

『善処している。すまない』

すまない、というのはいかにもディラン様の葛藤を伝えるように、掠れていた。

次の日から、挨拶だけは彼から直接されるようになった。

思った以上に、彼は私の言葉を素直に聞いてくれるようになっている。

きっと、これが彼の本来の優しさなのだろう。

素直な彼を知るうちに、どうしてあそこまで女性嫌いだったのか気になってくる。

だが、今の関係が崩れてしまう事が少し怖くも感じて、聞くことは控えたままだ。

『最近はサツマイモが取れます。農場に来てくだされば、焼きイモを振る舞いますよ』

『もうそんな季節か。考えておく』

どんどん柔らかくなっていく文章を読めば、自然と微笑んでしまう。

そうは言っても、ディラン様は忙しい方なので来るはずがないだろう。

報告書を閉じ、いつも通りに農場の手伝いへと向かう。

一人休憩の際、もしかすると……なんて思い、枯れ葉を集めてイモを焼く。

ある程度時間が過ぎて、やはり来ないなと諦めた時。

遠くにディラン様の姿が見えた。

こちらへ来るか迷うように右往左往している。

さっさと来ればいいのにと思って手招きをすると、彼はどこか気まずそうにやってきた。

無言で見つめていると、彼は不安そうに私を見つめてくる。

その様子がどこか可愛らしく見えて、冗談めかして彼に聞く。

「もう、喋ってもいいですよね？」

「あぁ……そ、その、もう俺の許可はいらない」

「そうですか……では約束通り。どうぞ、焼きイモです」

「……感謝する」

枯れ葉を集め、地面に埋めるようにして焼いたイモは、ちょうど食べごろだった。

彼は焼きイモを手に取ると、それを半分に割って私へと手渡してくれた。

「まだ食べていないんだろう」

そう言われて目を瞬《しばたた》く。

「もしかして、ずっと見てたんですか？」

「ち、ちが……」

「冗談ですよ。ありがとうございます」

一度会話をしてみれば、案外リズム良く会話が続くものだ。

なんて思いながら温かいイモを受け取り、ホクホクと食べていると、風が頬を撫でた。

少しだけ肌寒くて身体を震わせ、温もりを求めてイモに両手を添える。

すると、ふわりと肩になにか暖かい物がかかった。

「使え」

そう言って……ディラン様は自身の上着をかけてくれた。

先ほどまでイモ掘りをしていた私は、完全に泥まみれなのに。

「泥が上着についてしまいますよ!?」

慌てて立ち上がり彼に上着を返そうとするが、ディラン様は首を横に振った。

「構わない」

じっと真紅の目で見つめられると、それ以上の反論が上手く出てこない。

「……じゃあ、少しだけお借りします」

最初から打って変わった雰囲気の柔らかさは、ディラン様が心を開いてくれている証なのだろう。

思えば、初めから彼は女性嫌いながらも優しかった。

いきなりやって来た私を期間付きとはいえ屋敷に住まわせてくれたのは、その優しさだ。

王宮で『首切り辺境伯』と呼ばれた噂もきっと間違いだろう。

事実なら最初に口答えをした段階で斬られているに違いない。

ランドルフからの不当な評価を怒っていた私だけれど、その私も噂だけで彼を判断していた。

反省しながら、温かな上着にほっと息を漏らす。

すると、ディラン様は私に向き直った。

「君に……酷い態度をとっていたこと。改めて謝罪したい」

「え……も、もう謝罪はもらいましたよ」

神妙な表情で私を見つめてくるが、私だって脅すような提案をして悪い所は十分にあった。

だから謝罪なんて不要だと、何度も伝えるが……

「そうはいかない。俺が納得できない」

「本当に大丈夫です！」

「あの時の俺は、君を遠ざけようとするあまり失礼な態度をとっていた。猛省している」

「……ディラン様の女性嫌いは、少しは改善したのですか？」

「君に関してはそうかもしれない……泥だらけになって喜ぶ女性など見たことがないからな」

彼の真剣な眼差しから、本気でそう言ってくれていることが感じられて嬉しくなる。

「私はそれで十分です。やっと話し合える関係になれたなら、もう謝罪などいりません」

呟いた瞬間、ディラン様は嬉しそうに頬を緩めた。

その姿は以前に領民から聞いた言葉通り、素敵な笑みだった。

「良かった……」

嬉しそうな姿に親近感が芽生えた。もう少し共に居たいと思って一つ提案をする。

「ちなみにディラン様。この後お時間はありますか？」

「空いているが……なんだ？」

私は脇に置いていたスコップを、微笑みながら手渡す。

「働かざる者、食うべからずというでしょう？　あの焼きイモはタダではありませんよ」

「ふっ……流石だな、君は。もちろん、相応の手伝いをしてみせよう」

ディラン様はどこか嬉しそうに頬に笑みを刻みながら、スコップを受け取る。

もう少し一緒にいる理由を作るための提案だったけど、本当に受け入れてくれるとは……

「何をすればいい？」

「で、では畝《うね》を作りましょうか……」

「簡単だな」

涼しい顔をしているディラン様は、畑作業を舐めているようだ。

その後、私の想像通り、畑に踏み込んだ彼は、足元の柔らかさに驚いた表情を浮かべた。

「い、意外に足元が緩いな……っ⁉」

慣れない足場と作業にディラン様はしりもちをついてしまった。

咄嗟に私を見て、顔を赤く染める。

「見るな……」

そんな反応をされれば、耐えようとしても息が漏れ出てしまう。

「ふ……ふふ。そ、それは難しいです。しっかり見てしまいましたから」

「……っ」

「あはは！　確か……簡単な作業と言ってましたよね？　ディラン様？」

「……ち、ちが。これは足が滑って」

「あ、あはは」

「わ、笑うな。さっさと終わらせる」

ディラン様は言葉では私を諌《いさ》めつつも、頬を緩めていてどこか嬉しそうだ。

そして、彼は起き上がるための助けを求めるように手を伸ばす。

そんな姿を可愛らしいとさえ感じ、私は彼の手を引っ張って身体を起こす手伝いをした。

彼がしりもちをついてくれたおかげか……わだかまりは薄れて笑みを挟みながら作業ができた。

「これでいいか？」

しばらくの時間が経つと、騎士として鍛えてきたディラン様の体力や体幹は流石のもので、農作業はあっという間に終わった。正直かなり助かった。

「ありがとうございます。それとイモはまだまだ沢山採れるので、また来てくださいね？」

「……喜んで寄らせてもらおう」

どうやら、青空の下で食べる焼きイモは気に入っていただけたようだ。

私が笑顔で頷くと、彼はそれから……と付け加えるように、こちらに視線を送った。

「さっきの事は忘れろ」

「ふふ、それは難しいかと」

「……くっ」

少しムスっとして、頬を赤くしている姿は忘れられそうにない。

とげとげしさがなくなってみれば、ディラン様は案外おっちょこちょいで可愛いようだ。

「私はそろそろ屋敷に帰りますが、ご一緒しますか」

「あぁ……」

今の彼なら、賢人会議を開くための協力をしてもらう話も聞いてくれるかもしれない。

だけどその思惑など関係なく、ぐっと親身になった関係を素直に嬉しいと思えた。

それからディラン様は頻繁《ひんぱん》に農場へ来るようになった。

特に私が一人になるような日は必ず来てくれる。……よっぽどイモが気に入ったようだ。

「もう一つ、欲しい」

「どうぞ」

モクモクと焼きイモを食べる彼との距離は、不思議と近くなっている。

鋭かった視線は和《やわ》らいでおり、交わす言葉も多くなった。

そうした変化は、文通でも増えていく。

『今日も、イモが美味かった』

『また来てくださいね、とくに明後日はいっぱい採れるはずです』

『必ずまた行く、イモ以外もあるか？』

『ありますけど、良ければ屋敷で料理を作りましょうか？』

『他の美味い作物を食べてみたい。屋敷でなく、いつもの農場でいい』

今や、彼の女性嫌いが嘘のように、私達の仲は深まっているように感じる。

やり取りを交わす内、側妃であったという過去と、偽名を使っている事を私の目的を達成するために明かすべきだと焦りも生まれた。

しかし言い出すタイミングに迷い、ついつい穏やかな日々を過ごしてしまう。

真実を告げる事は、ディラン様を今まで騙していたと明かす事でもあるからだ。

私の正体はティーナではなく、側妃クリスティーナだと伝えれば、今の関係が崩れてしまうかもしれない。

その怯えから覚悟が決められないまま、幾日も過ぎていってしまった。

◇◇◇

「ティーナ」

だんだんと落ち葉も減ってきて、寒さの募る農場で過ごしていると、いつものようにディラン様がやってくる。今ではほぼ毎日来るので驚くこともなく、彼へと返事をする。

「ディラン様、どうしましたか」

「少しいいか？」

そう言ったディラン様は少し緊張した面持ちに見えた、いったいどうしたのだろうか。

「なにか、ありましたか？」

「その……」

言いよどむようなディラン様を見つめて、言葉を待つ。

すると彼はしばしの沈黙の後、意を決したように口を開いた。

「出会った頃の酷い対応、改めてすまなかった」

「っ!?　い、いきなりどうしたのですか!?　以前、もう謝罪は必要ないと……」

い、いきなりすぎる……いったいどうしたというのだろうか。

「本当か？　もし怒らせぬよう気を遣っているなら、遠慮なく言ってほしい」

「ディラン様……ここ数日私と過ごしてきて、遠慮する性格だと思いましたか？」

遠慮する性格ならば、ディラン様に農作業の手伝いなんて頼まないだろう。

そんな意味を込めて返すと、彼はふっと噴き出した。

「確かに、そうだったな」

「だから、信じてください。私はもう気にしていないので、謝罪はいりません」

「そうか……良かった」

心から安堵した様子に、ディラン様が未だに罪悪感を抱えていたのだと分かる。

私との関係をやり直そうと思って、最近は優しく接してくれていたのだろう。

それが嬉しくもあり、同時に今も彼を騙していることにチクリと胸が痛んだ。

「それにしても、急にどうしたのですか。改めて謝罪なんて……」

「君と過ごす日々が楽しくて……気兼ねなく傍に居られるように、過去を清算したかった」

「私の傍に居られるように？」

「……ティーナ、君はいまやここになくてはならない存在だ」

ディラン様は、深紅の瞳で私を見つめてくる。

いつもの仏頂面ではなく、よく見ると頬には柔らかな笑みが浮かんでいる。

「ずっと、君との関係をやり直したかった」

「……私も、ディラン様との関係が良好になるのを望んでおりましたよ」

ただ、それが打算に基づいているせいで、少しだけ言葉が上手く出てこない。

言い淀むと、突然ディラン様の顔が近づいてきた。

「改めて頼みたい」

整った顔がいきなり迫るので、嫌でも鼓動が早くなって視線を逸らしてしまう。

しかし、私のそんな様子を全く気にする様子もなく、ディラン様はこちらに手を差し出す。

彼は頬を朱に染めながら、震える声で呟いた。

「まずは……そ、その……良き友人になってくれないだろうか？　君と……そうなりたい」

「……良き友人、ですか？」

「嫌ならいい。俺がそんな事を頼む資格はないことは重々承知して……」

「ふ……ふふ……あはは」

思わず噴き出してしまう。

……良き友人、なんて。ディラン様ほどの立場なら、金や権力で私を従える選択などいくらでもあったはずだ。だけど彼は、あくまで私と対等であることを選んでくれた。

互いに罪悪感を抱き、負い目を感じながらも……先んじて彼が、一歩踏み出してくれたのだ。

「……ディラン様、私も……貴方と良き友人になりたいと思っておりました」

「っ!?　そ、そうか。それは嬉しい……すまない、笑みが我慢できない」

そんなに嬉しいのだろうか、彼は頬を緩ませている。

この隙に、私は彼が差し出していた手に握手して微笑みを返す。

「それでは、これからはもっと気さくに接してくださいね。私もそうします」

「っ！　……ありがとう」

ギュッと交わされた握手、その手は大きくて暖かい。

これこそ、私自身が彼の信頼を勝ち取れた証なのだと嬉しく思う。

そして私自身も、真実を告げる覚悟を決めた。

勇気を出して対等な関係を望んでくれた彼に、これ以上……偽りの身分で話すのは失礼だ。

「ディラン様、実は……私からも聞いてほしいことがあるのです」

「……すまないティーナ、君の話を聞く前に、俺から話してもいいか？」

「え……？」

「俺が女性嫌いになった理由を聞いてほしい。きっと……君の目的とも関係しているはずだ」

そう言うと、彼は表情を真面目なものに変えて私の隣に座る。

なにより、私の目的を知っているような口ぶりに、ドキリとした。

「俺には幼き頃からの許嫁《いいなずけ》がいた。しかしその女性はあまりにも傍若無人で……多大な迷惑をかけられた。それを責めれば、別の相手を探すと告げて出ていく有り様だ」

「へ、辺境伯様に対してそんな態度を？　いったい誰ですか？」

聞いても分からないだろうけれど、思わず聞いてしまう。

すると、ディラン様はわずかに表情を苦くして、私を見つめて言葉を告げた。

「君もよく知る者だ。――現王妃マーガレット・ローズ……当然、知っているだろう？」

「……え？」

「ティーナ……いや、ク、、クリスティ、、ーナ、、。君が知らぬはずがない」

突然ディラン様は私の本名を口にして、不敵な笑みを浮かべた。

なぜ……私の正体を知っているの？

ドクドクと心臓が脈打ち、時間が止まったように感じる。

何も返答をできないまま焦っていると、ディラン様は「落ち着け」と言って、小さく笑った。

「その反応を見ると、当たっていたようだな」

「わ、分かっていたのですか？　いつから？」

「連作障害の知識に、王宮医師との伝手《つて》。流石にそれで君を庶民だと思うはずがない。その時、数多くの功績を残して行方不明となった側妃を思い出して調べた……歳も近く、行方不明になった時期と辺境伯領へ来た時期が重なっている。これだけ分かれば十分だろう？」

「その、私をフィンブル伯爵家……お父様の元に連れ戻しますか？」

「おかしな事を言うな。そうならないために、俺に力を示したのだろう？」

全部知られていたどころか……思惑まで読まれていた。

全て知っていて、知らない振りを続けてくれていたのだろう。

浅ましく真実を告げる機会を窺《うかが》っていた自分が、途端に恥ずかしく感じる。

動揺で言葉が出せないでいると、ディラン様がふっと小さく噴き出した。

「ふっ……良い顔で驚くな、君は……」

「ディ……ディラン様……!?」

「互いの恥は見れた。もう君は、俺が農場で転んだことを誰にも言えないな」

冗談交じりに、私自身の罪悪感を水に流す言葉を彼はくれる。

「ティーナ、これで俺たちは対等だ」

その言葉にこくりと頷くと、ディラン様は優しい表情になって、続けた。

「君の本当の名前を知ったが、これからもティーナと呼ぶのを変えるつもりはない」

「そ、それはなぜ？」

「俺はそちらで慣れた。ずっと傍に居るなら、呼び慣れた名前の方がいいだろう？」

『ずっと』って……特に意識もせず、こちらがドキドキするようなことを言う人だ。

顔を見るのが恥ずかしくなってしまい、照れくささを隠すように俯いて話を戻す。

「わ、分かりました。でも迷惑をかけた婚約者がマーガレットなら、なおのこと疑問です。そもそも彼女は男爵家の令嬢です。貴方と婚約するには爵位があまりに違うのでは？」

辺境伯は王国の中でも一、二に位置する爵位だ。

対して、男爵家令嬢のマーガレットは家格の序列でいえば下位。

その疑問にもあっさりとディラン様は答えてくれた。

「彼女と婚約したのには、事情があってな……二十五年前の隣国との戦争を知っているか？　今は休戦状態となっているが」

「ええ。……話ぐらいは知っています」

「俺もまだ幼かった頃だ。当時、この国を守るために我がライオネス辺境伯家を含め、多くの貴族家が私兵を派遣して戦線を維持していた」

確かに隣国との戦争は熾烈《しれつ》を極め、貴族達も総力をもって対応していたと聞いたことがある。

「そして共に戦線を守っていたローズ男爵に、父が救われた。戦争が終わった際、その礼として、彼の娘であるマーガレットを婚約者として受け入れることを父が約束したのだ」

「な……それで男爵家と、辺境伯家の婚約が決まったのですか？」

「あぁ、だが婚約を約束した当の父は早々に亡くなってしまった。亡き父の約束を断ることはできず、マーガレットとの婚約が成立した」

ディラン様は悔しげな表情で言葉を続けた。

「父を救われた手前、俺が強く言えないのをいい事に、マーガレットは好き勝手にしてくれたよ」

「どんなことを……？」

「婚約者として屋敷にやって来て早々、気に入らない事があれば使用人に手を出し、無理な要求ばかりした。おかげで辺境伯家の使用人はドグ以外が辞めていき、資産は三割もなくなった」

……マーガレット、恐ろしい女性だ。

亡きお父様を想って、彼女に好き放題させてしまったディラン様にも非があるが、ここまで暴走するような女性など見たこともなかっただろう。面食らって当たり前だ。

「耐え切れずにマーガレットの行動を制止すれば、途端に彼女は激昂し、俺に婚約破棄を言い渡してどこかへ消えた。後にランドルフ陛下と結ばれたと風の噂が届いたよ」

確かにマーガレットは、王宮でも良くない噂が出る程の傍若無人ぶりだった。

しかし……まさかここまでとは。

話の荒唐無稽さに唖然としていると、ディラン様が肩をすくめた。

「そんな事もあり、俺は女性を避けていた。彼女と関わりたくなくて、王都に出ることも控えた」

ディラン様の女性嫌いと、屋敷の人手不足の原因が知れたが、ふと違和感を覚える。

マーガレットのせいで使用人が居なくなってしまったのなら、どうして『首切り辺境伯』などという恐ろしい噂が王宮内で広まっていたのだろうか？

そういえば、あの噂を聞き始めたのはマーガレットが正妃となった頃あたりだったような……

「どうかしたか？　ティーナ」

「い、いえ……」

ディラン様に視線を向けられて、慌てて思考を断ち切る。

彼は全てを話し終えたのか、ふぅーと大きな息を吐いて、私に向き直った。

「情けないが、これが俺が女性嫌いになった理由だ。今思えば君には当てはまる事は一つもなかったのに、辛く当たってしまい申し訳ない。――それから」

「な、なんでしょうか？」

彼は再び顔を近づけ、鋭い視線で射貫いてくる。

先程までの友人としての態度ではなく、嘘を見逃さぬと言いたげな辺境伯としての視線だ。

「君の本当の目的を教えてくれないか。側妃を辞めた君がわざわざ辺境伯領に来たのは、俺に頼みたいことがあるからだろう？」

「そ……それは……」

私の思惑を見抜いた言葉にドキリとする。

これだけ世話になり、隠し事をしていたのに、今更都合よく協力を頼めるはずもない。

そんな迷いから手を握り締めると、ふっとディラン様が雰囲気を緩めるように笑った。

「勘違いするな、そんな顔をさせたかった訳じゃない。ティーナには辺境伯領の問題を解決してもらった。そんな君に、俺ができることがあるならちょうどいいと思っただけだ」

それだけだ、と言うディラン様の顔はやはり優しい。

その声に押されるように、私は彼と視線を合わせた。

「じ、実は……」

「ディラン様!!　ディラン様!!」

その時、緊張した声が空気を震わせた。

視線を向ければ、ドグさんが慌てて走ってきている。いつもは上品に整えられた髪の毛が乱れ、息が荒い。ディラン様は私に向けていた視線を即座に彼の方に向けた。

「どうした？　ドグ」

「あ、あの人が、突然やって来られました」

「……落ち着け。あの人？　誰のことだ」

「マ、マーガレット様が再び来られたのです。もう一度、貴方と婚約関係を結び直すと。……先代当主が交わした約束に従い、婚約関係を戻す必要があると屋敷で騒いでおられるのです！」

まさかの内容に私とディラン様が目を見合わせる。

「何を言っている。あいつは正妃となったはずだろう？」

しかし、ドグさんは本当に困り果てたように肩を落とすばかりだった。

「はい。ですが状況をいくらお聞きしても、ディラン様を出せと怒鳴るばかりでして。本当に申し訳ないのですが、ご足労願えませんでしょうか」

「あいつ……何を考えている」

ディラン様の動揺は当たり前だ。一度は結ばれた婚約をわざわざ破棄して正妃となったマーガレットに、もはやディラン様と婚約関係を結べる道理などないはずだ。

しかし、私は不思議と落ち着いていた。

王宮で何が起こったのか、おおよその予想ができるのだ。

実は、大臣のルイード様に託した手紙に、マーガレットを追い詰めるための策も認《したた》めておいた。

恐らくだが、彼女は私の思惑通りに正妃の立場を追われたのだろう。

『貴方の器量や美しさが私よりも格段に劣ってたのよ』

『惨めな女ね？　かわいそう～』

マーガレットからの罵倒を思い出し、湧き上がる怒りで拳を握る。

二人に因縁があることは知らなかったが、彼女に因縁があるのはディラン様だけではない。

私を蔑んだマーガレットがわざわざやって来てくれたなら、手間が省ける。

先ほどのディラン様との会話。そして王宮で過ごした記憶を整理すれば……

彼女を地の底に落ちるまで追い詰められる手段は幾らでもある。

「ディラン様、私がマーガレットの相手をしてよろしいでしょうか？」

やるなら徹底的に、完膚なきまでに潰す。

ディラン様が奪われた物を私がマーガレットから取り戻し、彼からの信頼を得てみせよう。

そして、確実に賢人会議を開く協力関係を築くのだ。

後悔・三（ランドルフ side）

執務室で対応に追われていると、望んでいなくとも嫌な報告がされる。

今日も、そんな日だった。

「ランドルフ陛下、よろしいでしょうか」

神妙な面持ちで大臣のルイードがやってくる。その後ろには、使用人も並んでいた。

「どうした？」

尋ねつつも、嫌な予感が背筋に走る。ルイードを含む使用人達の目が、明らかに怒りを孕んでいたからだ。俺の問いに、ルイードが答える。

「正妃マーガレット様の世話をする使用人全てが辞職を希望したので……受理いたしました」

「なっ！　ふざけるなルイード！　俺に相談もなく決めるな！」

「陛下、そのようなことを話す段階はとうに過ぎております」

ルイードが静かに、しかしまったく怯むことなく俺に反論する。

「マーガレット様の傍若無人ぶりは目に余ります。それを諫《いさ》めようともしない陛下に、皆が呆れているのです。以前の陛下はマーガレット様が、クリスティーナ様よりも正妃に相応しいとおっしゃっていましたね？」

「っ……」

「それは、今も言えるのですか？」

試すように問いかけられて、答えられない。

本心では、俺に嘘を吐き、仕事もろくにしないマーガレットが正妃に相応しいと思えない。

だから返す言葉に迷っていると、使用人の一人が耐えきれぬように笑いだす。

「私共は、クリスティーナ様が紹介してくださった職に就きます」

「な……クリスティーナが⁉」

「ええ、あの方は廃妃にされても、我々を導いてくださっているのです」

予想外の名前に驚きを隠せずにいると、使用人は気にせずに言葉を続けた。

「私どもは、正妃に相応しいのはクリスティーナ様であったと……胸を張って言えますよ？」

「な……な……」

使用人という立場でもあるに関わらず、国王である俺に向かって迷いなく言い切る姿に、本当にクリスティーナが慕われているのだと思い知らされる。

「では、これにて御前を失礼いたします」

「な……ま、待て！　待ってくれ！」

俺が引き止める言葉にさえ、彼らは答えない。使用人達はルイードにだけ礼をして、出ていってしまう。残ったルイードはわずかに哀れみを含んだ瞳で俺を見つめた。

「……陛下、クリスティーナ様を廃妃にしたのは間違いであったと認め、王家から正式に謝罪いたしましょう。今や民達は王家に怒り、貴族も反感を抱いております」

「ルイード……」

「王家として、潔く過《あやま》ちを認め、責任をお取りください」

国王としてルイードの言葉を認められるはずがない。

王たる俺が、廃妃の選択を間違えたと認める事などしてはならないのだ。

しかし、確かにマーガレットは正妃に相応しいと言えない。素直に謝罪する事も考えてしまう。

そこまで考えて、父上の声が脳裏によぎる。

『長く続く我らがグリフィス王家に泥を塗るな』

父上はいまだ病床にありながらも、俺を信じて対応を任せてくれていた。

そんな父上に対して、王家に汚名を着せてしまうような結果を伝えられるはずがない。

「マ、マーガレットには早急に民達との交流や政務作業に当たらせる。クリスティーナよりも彼女の方が王妃に相応しいと民に知らしめれば、なにも問題はないはずだ」

そうだ。マーガレットが更生し、クリスティーナに代わる妃《きさき》になれば民達の怒りを収まるはず。

だが、そう述べた途端に、ルイードは俺を哀れむような表情で書類を手渡した。

「陛下、言ったはずです。そんな段階はもうとうに過ぎています」

ルイードから手渡された書類を見て、眉間に皺《しわ》を寄せる。

それは国費の支出をまとめたものだった。数年にわたって、少しずつ使途不明金が増えている。

「これはなんだ、ルイード」

「……実は、クリスティーナ様が廃妃となった後に私に言ったのです。マーガレット様の身に付ける装飾品類は陛下がプレゼントなさったものでしょうか、と。そしてそのお金が予算に計上されているか確かめてほしい……と」

視線を向けられて、慌てて首を横に振る。

マーガレットはいつも、装飾品類は実家のローズ男爵家がお祝いでくれると言っていた。

だが、ルイードの視線と言葉に、最悪の想像をしてしまう。

「……まさか、ルイード……これは」

「ええ。マーガレット様は、国費を管理していた文官に取り入り、不当に金銭を得ていたようです」

「まさか、国費全てをその文官一人だけに管理させていたというのか⁉」

「本来ならば貴方が確認すべき仕事なのですよ、陛下」

「っ⁉」

「過去、クリスティーナ様が国費の管理作業を申し出た時、断ったのをお忘れですか？」

ルイードの視線が今まで見たことがない程に怒りに染まっていて、思わず身がすくんだ。

あくまで静かに、ルイードが俺を責め立てる。

「マーガレット様が私的に国費を利用していたことに気付かなかったのは、貴方がこの数年もの間、確認をしなかったせいです。これは、王家の失態でもあるのですよ」

「――ル、ルイード。この件は皆に内密にしろ」

「……」

対策を考える時間が欲しいと思っての言葉に、ルイードは呆れたような、深いため息を吐いた。

「何度も言っております。その段階は過ぎていると……」

「ま……さか」

「すでに文官達には知られております。私も、もはや庇う気にもなりません。直に民もマーガレット様が犯した罪を知るでしょう」

「そ……そんな……ど、どうにかして止めろ！」

「無理ですよ、陛下」

ルイードは再度、大きなため息を吐く。もはや視線は諦めに近いものになっていた。

「一度、よくお考えください。王家として非を認めた方が……私は賢明だと思いますよ」

そう言い残し、ルイードは去っていく。

俺は、なんて無様なのだろうか。

クリスティーナについて報告をしていた文官達はいまだ行方不明。

加えてマーガレットには騙されていたのは明白であり、庇いきれない汚職を見逃してしまった。

だが、それらを認めれば……王家に汚名を塗ることになる。それだけは避けないとならない。

「どうすれば……」

思わず漏らした問いかけに答えてくれる者はいない。

クリスティーナを手放していなければ……そんな後悔が胸を満たす。

その時、迷いの原因であるマーガレットが執務室へとやってきた。

「ランドルフ！　早く新しい侍女を雇ってよ。すぐに辞める根性なし達で使えないわ！」

「マーガレット、ちょうどいい。お前に話が……」

「貴方の話は後よ！　私は正妃なのよ？　貴方は王として私が不自由しないようにしてよ！」

マーガレットは話すら聞こうともしない。あれ程可愛くて、なんでも許せるほどに愛していた彼女であったが、全てを知った今、空気の読めない発言や行動に苛立ちしかない。

俺はその苛立ちに任せて、先ほどルイードに突き付けられた書類を、彼女の目の前に差し出した。

「マーガレット、これを見ろ。お前はなにをしたのか正直に言ってみろ！」

「……し、知らないわよ。なによそれ！」

そう言うマーガレットは本当に資料が一切読めないようで、ただ首を傾げている。

「……これは国費の使い込みについての証拠だ」

あえてマーガレットが使い込んだ事は言及しなかったのに、彼女はみるみると顔を青ざめていく。

「やはり、覚えがあるんだな？」

「し、知らないわ！　ほ、本当に知らないのよ！　信じてよ！」

マーガレットは俺へと抱きついて、必死に言い訳の言葉を並べるが。

しかし名前も出していないのに自己弁護を始め、視線を迷わせる姿を見れば、真実は明白だった。

「そうだ。国費を勝手に使ったのはきっとクリスティーナよ！　きっとあの女が私達の仲を裂くために工作したのよ！」

国費を使ったのはマーガレットで間違いない。

「ランドルフ！　私はあの女の被害者なの！」

クリスティーナが俺を愛していたかどうか半信半疑だったが……その答えが分かってしまった。

皆から聞くクリスティーナの献身的な姿と、目の前で騒ぐマーガレット。

冷静になって比べれば、どちらが俺を支えてくれていたのかなど一目瞭然だった。

「ねぇ！　聞いてるの！　ランドルフ！」

「黙れ……少し静かにしてくれ」

二人を比べる程、廃妃という選択に後悔が押し寄せる。

俺はマーガレットの言葉だけをうのみにして、クリスティーナ自身を見ていなかった。

思い出せば、クリスティーナから愛を感じる事は数多くあったではないか。

俺が執務を行う際に、事前に置かれていた資料。そしてそこに俺が要らないと言うまで、温かな紅茶がずっと添えられていた。政務だって、そのほとんどを彼女に任せていたと知った。

上げればキリがないほど、俺は愛されていたのに……

「ねぇランドルフ！　どうして信じてくれないの！　答えてよ！」

愛していたはずのマーガレットの声が、今は雑音に聞こえる。

うるさい……うるさい……うるさい。

こいつがクリスティーナの愛を偽って、俺を騙した。

支えてくれていた彼女を手放してしまったのは、確かに俺のせいだ。だが――

「あんな惨めな女に嵌《は》められてるのよ！　どうにかしてよ！」

「黙れっ!!」

クリスティーナを馬鹿にしたマーガレットに怒りが沸き立ち、気付けば平手を放っていた。

大きな音が鳴り響き、彼女は大げさな程に叫ぶ。

「い、痛い！　酷い、暴力よ！」

「黙れ……くそっ！　俺が間違っていたんだ。クリスティーナが支えてくれていたことに気付かずに。マーガレット、お前の言葉に騙されていた！」

「な、なにを言っているのよ。私の方があなたを愛しているわよ！　あの女なんかよりも！」

マーガレットは必死の形相で詰め寄ってくるが、もうどちらを信じるかなど決まっていた。

「もし、俺を本当に愛しているのなら……今すぐに王妃としての政務を行い、使用人達にも手を出さぬと誓え。そして、お前が不当に使用した国費を全額返済しろ」

――せめて、クリスティーナのようになってくれ。

そう願っての言葉にさえ、マーガレットはむっとした表情になる。

「な！　私は正妃なのよ？　惨めな側妃とは違って、常に貴方の隣に居る事だけが仕事なの。そんなみっともない真似などできないわ！」

その返答が分かっていたとはいえ、辛い。やはり俺は、大切にすべき人を見誤っていたのだろう。本当に愛をもって俺を支えてくれていたのはクリスティーナだけだったのに。

失ってから、それに気付くなんて。

「も、もういいわ！　貴方なんて大嫌い！」

「待て！　おい、マーガレット！　話はまだ終わってない！」

そう言いつつも、泣きながら王座の間を出ていくマーガレットの背中を追いかける気が起きない。

このまま騒がしい者が消えてくれた方が、苛立たずに済むと思ってしまったのだ。

誰もいなくなった執務室の中で、俺は机に突っ伏して頭を抱えた。

「クリスティーナ……」

彼女がくれていた愛に気付いた瞬間、後悔に苛《さいな》まれ、会いたいと願ってしまう。

だが、もうそれは叶わない。他でもない俺自身が彼女を遠ざけたからだ。

瞳から流れた涙を拭うと、目の前に誰かが来ているのに気付いた。

「へ、陛下……」

「今日は、来客が多いな……」

居たのは文官長だ。涙を流している情けない姿を見せてしまった。

確か彼には、過去にクリスティーナの仕事を俺に報告していた文官達を捜索させていたが……

「あの者達は見つかったのか？」

「いえ、まだ所在は掴めておりませんが……以前にいただいた報告書の真偽を確認いたしました」

そう言いながら、文官長が幾枚も重なった紙を俺の机に置く。

「ハッキリと申し上げます。書類は全てが虚偽でした。それを証明できる証拠は数多くあります」

そう言う文官長の顔は青白く、緊張している。

しかし、ここまで周囲の状況が揃っていれば、彼の言葉に疑いなどないだろう。

マーガレットに愛情を騙されていたように、俺は誰かに……クリスティーナが築き上げてきた功績すらも偽られていたのだ。彼女を遠ざけていたせいで、たやすく偽りの情報に操られていた。

『陛下、せめてクリスティーナ様の功績をご確認ください。決して役立たずなどと蔑むような評価はできぬはずです！』

廃妃を決めた時、ルイードが言った言葉。

『貴方が私に下した、役立たずという評価が間違いだと……証明してみせます』

最後の別れの際、クリスティーナが言った言葉。

それらが頭をよぎった時には、机の上で握っていた拳の上に、涙がボロボロとこぼれ落ちていた。

「へ、陛下？」

「なんてことだ……俺の選択は……間違っていたのか？　俺は……」

クリスティーナを廃妃にした末路が、こんな結果になるとは思っていなかった。

マーガレットが代わりの妃《きさき》になれるはずもなく、むしろ国費横領の犯罪者だ。

そして、父上や皆が語ったクリスティーナの献身は事実であると分かった今、廃妃の選択に怒りの声を上げる民や貴族を収める手立ては一つもない。彼女は「役立たず」では無かったのだから。

「このままでは王家への信頼は消える……どうすればいいんだ……」

いくら嘆いても、対応策などない。

ただ恐怖が身を震わせ、クリスティーナを廃妃にした後悔が心を満たした。

第五章　本当に惨めな人

ディラン様と共に屋敷へ帰ると、マーガレットが応接室で遠慮もなく座っていた。

馬車で来たのか、目に眩しい色のドレスとギラギラとした装飾品を纏《まと》ったままだ。

ただ、焦って辺境伯領に来たのか髪が酷く乱れている。

さらに王妃であるはずなのに、護衛や侍女もつけずにたった一人であることが異常性を際立たせていた。本来、正妃が外に出ようものなら大勢の護衛がつくはずだ。

なのに一人で来たということは、そうせざるを得ない程に追い詰められたのだろう。

「遅いわよ。私を待たせないでよね！　紅茶は冷えたから、捨てておいたわ」

彼女の足元には屋敷のカップが割られ、紅茶が地面に染みている。

ドグさんは慌てて割れた破片を拾おうとしたが、ディラン様が止めた。

「必要ないドグ。マーガレット……その態度が許されると思っているのか？」

「お久しぶりですわ、ディラン様」

呑気にディラン様に微笑むマーガレットが、彼の後ろにいる私に気付いている様子はない。

彼女はすっと立ち上がると、ディラン様の腕に絡みついた。

「さっそくですが、私をまたディラン様の婚約者に戻らせてくださいませ」

「消えろ」

「そう言わないでください、国王陛下……いえ、ランドルフから私は酷い扱いを受けて、傷心しているのです。癒してくださいませ」

マーガレットのひたすら自己の主張を押し通す振る舞いに、ディラン様は額に青筋を浮かべた。

「消えろと、言っている」

「酷いですわ！　ディラン様のお父上と私の父の約束を覚えていらっしゃいますよね？　私はディラン様のお父上の悲願のために、婚約者に戻ってさしあげると言っているのですよ？」

「……もう終わった話だ」

ディラン様の言葉にマーガレットは不快そうに眉を顰《ひそ》めたが、すぐに笑みを浮かべた。

「今はいきなりのことで混乱しているのでしょう？　だから落ち着いて話せるまで、私は暫くこの屋敷に住みます。一緒にいれば私の愛を感じて――」

「いい加減にしろ！」

話を聞かないマーガレットに対し、ディラン様が叫んだ。

途端に、彼女は涙を目に浮かべ、しゃがみこむ。

「酷い、酷い！　私がここまで言っているのに！」

マーガレットはひとしきり叫ぶが、周囲の冷たい視線に気付き、表情を途端に無表情に変えた。

「……分かりました。ディラン様がそのような態度を取るのであれば仕方ありません」

呟いた途端、彼女は割れたカップの破片を手に取る。

「「な――」」

私とディラン様の声が重なった。なぜならマーガレットはカップの破片を手の平に食い込ませ、自ら切り傷を作ったのだ。滴り落ちる血と共に、彼女が勝気な笑みを見せる。

「視察に寄った辺境伯領で、元婚約者のディラン様が愛を迫り、私が断ると逆上して傷をつけた……なんて筋書きはどうでしょうか？　正妃に手を出すなど、信頼は地に落ちてしまいますよ」

「……馬鹿なのか、貴様は」

ディラン様は呆れて言葉を失っていた。

私も同感だ。マーガレットの言葉が現実になるはずがない。

護衛もつけられない正妃の言葉を、誰が信じるというのだ。

誰も信じるはずがないのに、当の本人だけが勝ち誇って笑っているのは、ただただ滑稽だ。

「私は自由に生きたいの。欲しい物が手に入り、何もせずとも遊んで暮らせる富と自由が欲しい。ディラン様にだって悪い話じゃありませんよね？　私の美貌が手に入るのですよ」

彼女はその言葉を本気で吐いている。それほど自己の美貌に自信を持っているのだろう。

もはや痛みすら忘れたように、手から血を滴らせたままマーガレットは一人語り続ける。

「ランドルフはね？　こんなに美しい私に暴力を振るい、さらに政務をしろとまで言うのよ？　正妃である私がそんな惨めなことをするぐらいなら。ディラン様の傍にいたいと思っているの」

「受け入れない。去れ……これ以上は怒りを我慢できそうにない」

「あら、私を受け入れなければ、先ほどの話を吹聴しますわよ？」

ディラン様の返答に、心底意外そうに目を瞬《しばたた》くマーガレット。

これほど愚かな女性にランドルフが騙されていたことを、改めて情けなく思う。

ディラン様は私が出るまでもなく、マーガレットを屋敷から追い出すだろう。

だけど、私に『惨めな女』と評価を下した彼女を黙って見逃すはずがない。

ここに来たのは間違いだと教えてあげよう。

「さぁディラン様、正妃を傷つけた重罪人となりたくなければ、私と婚約関係に戻っ――」

「……馬鹿ね、マーガレット」

呟き、ディラン様の背後からマーガレットへと近づく。彼女の視線が、ようやく私に向いた。

「な……なに！　誰よ、貴方！　私に対して、なんて失礼な」

「貴方のくだらない戯言《たわごと》には、もう付き合ってられないわ」

「は!?」

私はマーガレットの傷ついた手を掴み、それを力の限り両手で包み込む。

切り傷の上から力の限り押さえれば、さぞかし痛いだろう。

「い、痛い!!　痛い！　止めて、止めなさいよ！　……あ、あんた⁉」

ようやく私が誰だか気付いたようだ。

マーガレットは驚きの表情を浮かべているが、そんなことは関係ない。さらに手に力を込める。

彼女には、少しは人の痛みを知ってもらわないと。

「い、痛い痛い痛い！　痛い！　廃妃にされたあんたが、正妃の私にこんなことをしてどうなるか分かっているの⁉　絶対に許されないわ！」

「許されないのはどちらでしょうか？」

「は⁉　なにを訳分からないこと……」

騒ぐマーガレットを睨み、にっこりと微笑む。

「貴方が今、一人でいるのは……理由があるからですよね？」

「え……そ、それは……」

さっと青ざめた表情を見て、私の読みは当たっていたと悟る。護衛が一人も居ないのは、王宮から逃げてきたからだろう。どうやら、ルイード様に託した調査が実を結んだようだ。

「貴方が国費の横領をしていたか、ルイード様に調べていただいておりましたの」

「な……まさか貴方が⁉　貴方のせいで……私の立場が危ういのよ！」

「それは良かったです」

血が床に落ちるのを避けるため、私は懐からハンカチを取り出して彼女の傷口に巻いた。

ギュッと結べば、痛みでマーガレットが叫ぶ。

彼女が大人しくなるのを待ってから話を切り出した。

「それにもう一つ。『首切り辺境伯』なんて、ディラン様について虚偽の噂を広めたのは貴方でしょう？」

「っ!?」

もはや青を通り越して、顔の色をなくした彼女を見て、さらに頬が緩む。

本当に分かりやすい。

「し……知らないわよ！　なにを言っているの！」

マーガレットの震える声、泳ぐ視線には助けられる。私の疑心を確信へと導いてくれるのだから。

「ディラン様が使用人の首を斬ったなんて噂が王宮内ではびこっていましたが……実際には貴方のせいで彼の使用人は辞めていったと聞きました」

「だ、だからなによ！　私がそんな噂を広めた証拠があるとでも言うの!?」

未だに傷口のある手をハンカチの上から私が包み込んでいるため、マーガレットは逃げられない。ただ苦悶の表情を浮かべ続けている。必死に弁明しようとしているが、責め手を緩めはしない。

「ええ、今はないわ。でも王宮内には知り合いが多いのです。本気で噂の出処を探せば犯人を見つけるのは容易いわ。すぐに真偽は分かるでしょうね」

先ほどディラン様に縋《すが》りつくマーガレットは、ランドルフをあっさりと悪者に仕立て上げていた。

つまり、これは彼女の常套手段だ。前の男を悪役に仕立て上げ、自身の罪を包み隠すのだろう。

「今ここで非を認めないなら、ディラン様から国王陛下に書簡を出して、正式に抗議しましょう」

「っ!!　た……確かにそんな事をしたかもしれないけど、もう覚えていないわよ！　あの頃の私は必死だったの！　そんな私を責めるなんて酷いわ！」

彼女はこんな状況でも泣き落としが通用すると思っているのか、涙で瞳を潤ませている。

残念だがいくら涙を流そうと対応を変えるはずがない。

しかし……いつまでも泣かれると鬱陶しいので再び両手に力を込めておこう。

「っ!?　痛い!!　痛い！　やめてぇ！」

「貴方は、ここで自分の行いを認めるしか選択肢はないの。分かる？」

「そ、そんな話を皆が信じるはずがないわ。それにこの傷を見なさいよ！　正妃を傷つけた貴方の方が罪に問われるはずよ？　分かったらさっさと手を離して謝りなさい！」

「……徹底的に、私と戦うのですね？」

「は？」

今の状況、自分の立ち位置、影響力を彼女は何も分かっていない。

何も考えずに正妃という肩書きだけを信じているのは、滑稽を通り越して哀れにすら思える。

私は幼い子供を相手にするような気持ちで、彼女にゆっくりと伝えた。

「マーガレット、貴方は自分の立場をよく考えなさい。国費の横領で正妃の立場を追われている貴方に、王宮の支持が得られると思いますか？」

「な……私にはランドルフがいるのよ。きっともう一度話し合えば、助けてくれるはず……」

「ええ。貴方が正妃として必要ならば、ね。でも今は、その立場を追われているのですよね？」

「あ……あぁ。そんな、私は」

マーガレットは唇を震わせ、目線があちこちへ泳ぐ。

自分の立場がようやく分かり、いまさら危機感を覚えたようだ。

「もう貴方の立場は正妃という肩書きがないに等しい。こんな状況で辺境伯家への噂を流した事実を私が問えば、皆が信じるのはどちらでしょうね」

「あ、貴方だって同じじゃない！　廃妃になった貴方なんて誰も信じないわよ！」

真っ黒な瞳が私を映す。少し前――側妃として生きている頃は自信なんてなくて、彼女が言った言葉を信じてしまったかもしれない。でも、今は違う。

「廃妃となった今も、王宮の皆が私の力になってくれるわ、貴方よりもね？」

今となっては胸を張ってそう言える。私の反応に、マーガレットはぎりぎりと奥歯を噛みしめた。

「こ……この……元はと言えば、あんたのせいで……あんたがぁあぁ！」

「うるさい」

マーガレットの傷口をハンカチの上から再び握りしめる。

「っ！　やめてぇ！　痛いの！　離して！！！」

うん、黙らせるにはちょうどいい傷だ。

「さて、国費の横領については……万が一にもランドルフが庇ってくれるかもしれません。ですがそこに辺境伯様の不名誉な噂を流したとあれば、そうもいかなくなる。だから今ここで正直に話して楽になるか、後から発覚して罪を重くするか選びなさい」

「あ……あぁ……」

「先程も言いましたが、王宮の皆に聞けば、噂の出所などすぐにわかりますよ？」

ようやく彼女は逃げ場がないと悟ったようだ。

潤ませた瞳でディラン様を見つめて、涙をボロボロと流して頭を下げ始める。

「ご、ごめんなさいディラン様……私は、貴方が使用人の首をはねたと虚偽の噂を、王宮内で広めておりました」

「……使用人を募集しても一向に集まらなかった理由は、そういうことか」

ディラン様は大きなため息を吐いた。

かつて迷惑をかけられていた元婚約者に、さらに後ろ足で砂をかけられていたのだ。

当然ながら、ディラン様は怒りに染まった瞳でマーガレットを睨む。その視線に彼女は肩をすくめた。

「ゆ、許してください！　王妃になるために仕方がなかったの！　本当はそんな事をするつもりはなかったけれど、噂にどんどん尾ひれがついて。ゆ、許して……ください」

「はい、そこまで！　マーガレット、もう謝罪は終わりにしましょう」

マーガレットのどうでもいい謝罪は聞いていられない。

私は軽く両手を叩いて、彼女の謝罪を遮る。

「全部話して楽になれたでしょう？　懺悔《ざんげ》が終わって良かったわ」

「う……うぅ……貴方には感謝しないといけないわね。許してもらう機会をくれてありがとう」

「あれ？　何を勘違いしているの？　罪滅ぼしはまだ終わっていませんよ」

「……え？　で、でも全部正直に話したわよ？　楽にしてくれるって」

「ふふ、罪を白状して心が楽になれて良かったとは言ったけれど、許すなんて言ってないわよ？」

私の言葉に、マーガレットはようやく罠に陥ったと気付き、青ざめた表情となる。

彼女は私の陳腐な罠に容易く引っかかってくれた。

「手間が省けましたよ。流石に貴方が噂を流した証拠を見つけるなんて大変ですからね。白状してくれて助かりました」

「わ、私を騙したのね……なんて事を……」

「勝手に勘違いしただけでしょう？　さて、これから貴方への制裁を決めますね」

微笑みながら告げれば、マーガレットは口をパクパクと魚のように動かす。

何か言い訳を考えているのだろうが、自ら白状した罪はもう逃れられない。

「ディラン様、お待たせしましたね。マーガレットの処遇を決めましょうか」

「……ティーナ、君にどんなお礼をすればいいか」

「私が勝手に乗り掛かった舟ですから、気にしないでください。それよりも、マーガレットの今後について提案があるのですが、聞いてくれますか？」

「もちろんだ」

「辺境伯である貴方の名誉を貶《おとし》める噂を流布した件は、示談金で話を収めたいのです」

この提案を聞いて、マーガレットが頬をわずかに緩めるのが見えた。

正妃だった彼女にとって、多少の示談金を払うなど大して痛くないとでも思ったのだろう。

それに気付いているディラン様も、私の言葉に怪訝そうな表情を浮かべた。

「ティーナ……それは」

「ねぇクリスティーナ、私は示談を受けいれるわ。貴方の言う通りにする」

罪がお金で解決できると踏んだマーガレットは、躊躇《ためら》うディラン様を遮るように受け入れの言葉を吐く。私はうっすらと微笑んで、ディラン様に安心してほしいと視線を送った。

その視線だけで、彼は私の意図を察して、すぐに反論をひっこめてくれた。

「まずは彼女が割ったカップの代金、そして自分の血で汚した屋敷の清掃代を請求しましょうか」

「当然だ」

それぐらいでは懐は痛まないのは承知だ。

マーガレットはとうとう余裕の笑みを浮かべるが……それもここまでだ。

「それから彼女には、実家であるローズ男爵家に帰っていただきます。しかし正妃が一人でお帰りになるのはまずいので、辺境伯領から護衛を五十人付けます。その費用は全て示談金に含めます」

「……はぁ!?」

私の言葉にマーガレットが唖然とした。

私は澄ました表情のまま、彼女に向き直る。

「どうしたのマーガレット？　何か文句がある？」

「も、文句もなにも明らかに護衛が多すぎるわ！　それで示談金を増やすつもり？　不当よ！」

「正妃様を護るためです。これは貴方が護衛を一人も連れていないせいよ？」

「な……な……」

「それとも、示談金で解決することはやめますか？　辺境伯様を貶《おとし》めた罪は重罪ですよ？」

そう言うと、彼女は不服そうにしながらも小さく首を横に振った。

「わ、分かったわ。その条件を受け入れる」

頭で値段でも算出したのか、マーガレットは深いため息を吐いた。

流石に護衛五十人を引き連れ、辺境伯領とローズ家までの費用を払えば彼女の懐は痛むだろう。

でも、滑稽だ。どうやらこれで終わりだと思っているらしい。

「では、最後です」

「えっ!?　ま!?　まだあるの？」

「ええ。過去にディラン様の財産を浪費した分を返却してもらうわ。額は後ほど計上します」

「ふ！　ふざけないでよ！　好き勝手に言いすぎよ！　そんなの払う必要がないわ！　だって当時の私達は婚約関係だったのよ！　いわば私は辺境伯家の一員だったの！」

「いえ、正式に結婚する前であれば本来は貴方が支払うべきお金よ。それを今までディラン様が立て替えていただけ。だから返却金と手数料を含めた額が示談金に含まれるわ」

「な……な……」

いよいよマーガレットの脚まで震え出した。

頭の中で今まで好き勝手に使った額を算出したのか、ぐしゃりと膝から崩れ落ちる。

あれでは、豪奢なドレスが台無しになってしまうだろう。

「これでよろしいですか？　ディラン様」

「文句などあるはずない。君は……凄いな。恐ろしいほどだ……」

「褒め言葉として受け取ります。それに、お礼は後でしっかりともらうつもりです」

「あぁ、言い表せない程に褒めているつもりだ。マーガレットの処遇に何も文句はない」

「だ、そうですよマーガレット。良かったわね、お金で解決できるのよ？」

「ふ、ふざけないで！」

マーガレットは血相を変えて叫び、行き場のない怒りからか髪をかきむしる。

額には脂汗が滲《にじ》み、怒りと恐怖で顔を醜く歪ませている。

そこに、正妃として美しかった面影は微塵もない。

まぁ……それも仕方がない、なにせ彼女へ請求する額はとてつもない事になりそうだもの。

「こんなの認めないわ！　払う必要のないお金が多過ぎるわよ！」

「それでは、示談ではなく素直に罪を受けてもらいますね。あぁ残念です、苦労して手に入れた正妃という立場は消えて、二度とこの王国で顔を出せないでしょうね？」

「っ⁉　う、うぅぅぅぅ‼　うぎぃぃ！」

「どうしますか？　不出来な妃《きさき》として名を刻むか、示談金を支払うのか。決めるのは貴方ですよ」

「あ……あぁぁぁぁぁ‼」

追い詰められて逆上したマーガレットは、私へ掴みかかろうと手を伸ばす。

しかし眼前でその手は止まった……ディラン様が掴んで止めてくださったのだ。

力の差を感じたのか、諦めの表情を見せるマーガレットへ、最後の問いかけをする。

「どうするの？　マーガレット」

「あ……あぁぁ……」

「はやく答えなさい」

「……わ、私は」

「はやく。また傷口を握ってほしい？」

「ひぃ！　わ、分かったわ！　受け入れる……示談金を支払うわ」

「では、請求書を用意しますね」

早々にディラン様と共に請求書を作成し、マーガレットに直筆のサインと拇印をさせる。

ドグさんにも手伝ってもらって算出した示談金の額は目がくらむ程であり、彼女は気絶しそうなほどに青ざめていた。これは、どこかの色欲に満ちた金持ちに数十年身売りしても足りないだろう。

それでも彼女は正妃という肩書きを守るために、金を払うことを決める。

滑稽だ。その肩書きも国費を横領した身で守れるものではないというのに。

横領した件をランドルフに許してもらおうと考えていたとしても、ルイード様が見逃すはずない。

「これで、いいのよね？」

「ええ、完了よ。それでは貴方を送り届ける準備をするわ」

ディラン様にマーガレットを送り届けるための護衛を集めてもらう。

五十人の護衛と馬車はすぐに集まった。

だが、マーガレットを屋敷から出そうとすると、彼女はディラン様に泣いて縋《すが》りつきだした。

「ごめんなさいディラン様！　私が悪かったわ、本当に迷惑をかけたと思っています！」

未だに泣き落としが効くと思っているのだろう。マーガレットは彼に寄りかかり、助けを乞う。

ディラン様の表情が嫌悪に満ちていることには気付いていないようだ。

「お願いします。今度こそ私は行動を正します。立派な婚約者になりますから！　許して！」

「さっさと去れ」

「聞いてくださいディラン様！　私は本当に貴方を愛したいの、やり直しの機会をください！　貴方の子供だって何人でも産んでみせます。未来の辺境伯様を一緒に育てましょう！」

ディラン様が今にも彼女を殺してしまいそうな殺気を放っている。

そろそろ止めておかないと。

「マーガレット？　そろそろ終わりにしてくれないかしら？」

「ひ!?」

よほど私が怖いのだろうか。名を呼んだ瞬間にマーガレットは肩を跳ね上げた。

そんな彼女へ微笑みながら握手を求めるように手を伸ばす。

「そんなに別れが惜しいなら握手でもしてあげるわよ」

流石にハンカチはほどかれ、今は包帯を巻いているマーガレットの手を見つめる。

すると彼女は痛みを思い出したのか、青い顔で大人しく立ち上がって屋敷の外へと歩いていく。

やっと帰る――そう思った瞬間、彼女はとびきりに甘えた声を出してディラン様を振り返った。

「ディラン様！　私は本当に貴方を愛して――」

「もういい」

「え⁉　うそ！　いやぁ！！！！」

耐え切れないとばかりに、ディラン様がマーガレットの胸倉を掴み上げる。

そして、足が浮いた彼女を勢いよく馬車の中へと投げ飛ばしたのだ。

大きな音が鳴り響き、馬車が揺れた後は声もせずに静まり返る。

馬車から見えるマーガレットの足だけがピクピクと動いていた。

「連れていけ」

「は、はい！」

大人しくなったマーガレットはこれからローズ家へと送られるだろう。

これで、ようやく一息つけそうだ。

……やっぱり人を脅すのは緊張した。

慣れないことをしたせいで、今になって手が震えて鼓動がバクバクと脈打つ。

今はゆっくりと紅茶でも飲んで落ち着きたいと思った時、私の手を温かく大きな手が包んだ。

「……っ、ディラン様？」

見上げると、ディラン様が私をじっと見つめている。

「あ、あの……ど、どうしたのですか？」

「返し切れぬ恩をもらった」

「私もマーガレットに恨みがあったのです。むしろスッキリさせてもらったので、気にしな――」

そう言った瞬間、手をさらにギュッと握られた。

「気にするに決まっている。これだけの恩を貰っているのに、俺は何も返せていない」

「ディラン様……」

「自分が情けなくて仕方がない。友になれたというのに、君がくれた恩になにも報いる事ができていない。今のままでは、君の隣に立つ資格がない」

視線を上げれば、ディラン様の夕日のような紅い瞳が私を映していた。

「……君と対等な関係になりたいからこそ、俺に恩を返す機会がほしい。改めて、君が辺境伯領にやってきた目的に……協力させてくれないか？」

「私がなにを望んでいるのか……分かるのですか？」

「側妃について調べた際、君がランドルフ陛下から受けていた冷遇も知った。君はその恨みを晴らそうと行動しているのではないか？」

「……その通りです。ランドルフが私を役立たずと評価したことが過《あやま》ちだと気付かせたいのです」

「なら……賢人会議を開き、ティーナを廃妃した罪を王家に償わせたい。といったところか」

どうやら全てお見通しのようだ。

私は微笑んで、彼の言葉を肯定するようにうなずいて返事をした。

「分かった。我がライオネス辺境伯家が……君の頼みを引き受けよう」

ディラン様が辺境伯として全面的に私へと協力してくれる。

目的通り、彼が私と協力関係になってくれた事がたまらなく嬉しい。

だが、一つ確認しておかねばならないことがある。

「ディラン様、これは王家に刃を向ける行為です。本当にそこまでしてもらっていいのですか？」

不安に思って問いかければ、彼は勢いよく噴き出した。

そして私の髪をくしゃくしゃと撫でて、優しい笑みで見つめてくる。

「言ったはずだ。俺は君の隣に立つ資格がほしい。……理由はそれで十分だろう？」

そんなことをしなくても、今の柔らかい雰囲気の彼ならば、いくらでも隣で笑っていてほしい。

そう言おうとした口を閉じる。

彼の覚悟に水を差すような事はしては駄目だ、今の彼にかける言葉はたった一つだけ。

「ディラン様……私の復讐に手を貸してください」

「もちろん。今度は俺が君を救おう」

その力強い言葉と、信頼を感じる視線。

一人で戦うつもりだった私にとって、同じ目的を共にする盟友ができたことに心が躍った。

「ディラン様……ありがとうございます」

「礼は目的を達成してから言ってくれ。君の感謝を楽しみにしている」

「わ、分かりました。頼りにしています。ディラン様」

◇◇◇

それから十日が経ち、私はディラン様の執務室を訪れていた。

賢人会議の発議をする準備を終えたと、ディラン様が私を呼び出したのだ。

彼は私に発議を求める書簡を見せてくれた。

「明日には王宮に向かう。関係各所への通達は終わった」

「ありがとうございます。ディラン様」

机に置かれた紅茶は湯気と甘い香りを放つ。ディラン様に視線を向ければ、微笑み返された。

出会った頃を思えば、大分縮まった距離が少し嬉しい。

「どうかしたか？」

笑ってしまっていたのだろう。尋ねてきたディラン様に思わず息を呑む。その瞳にかつての鋭さは微塵もない……むしろ優しく見える瞳に、私達の仲が変わったことを実感する。

「ディラン様との仲が深まったことが嬉しくて」

「っ……そうか」

短い返事と共に、ディラン様が視線を逸らす。

そして照れを隠すように、彼は話を戻した。

「そういえば、ティーナは賢人会議に参加しないのか？」

その言葉にうなずいた。

彼の質問通り、私は賢人会議に参加しないつもりだ。今回の賢人会議は、私を廃妃にした件に対してランドルフへ責を問う場。それに私が欠席することに疑問を抱くのは当然だ。しかし、今は行けない理由があった。

「……まだ、私は行くべきではないと思っているのです」

「理由は？」

「ランドルフが廃妃した選択を咎めれば、彼は責任を回避するために、私を再び妃《きさき》とするしかありません。だから下手に近づいて、居場所を知られる訳にはいきません」

「なるほど……確かにそうだな」

「それに、次に会うのは最後の時だと決めているんです」

「最後の時？」

「はい。別れを告げる時……いえ、私が彼を捨てる時と言えばいいでしょうか」

告げた言葉に、ディラン様は目を見開く。

「君を求めざるを得なくなった陛下に、君から別れを告げるのか……確かに最も効果的な復讐だな」

「復讐に囚われていると……軽蔑しますか」

「いや、俺だって悲しみに暮れるぐらいなら……復讐を選ぶ。悪い事ではない」

ディラン様の言う通り、私が悲しみに囚われていないのは明確な復讐心のおかげだ。

復讐とは忌避される行動だと思っているが……傷心を支えるには必要な行為だと今なら分かる。

それを理解してくれることを頼もしく思いながら、私はうなずく。

話を戻そう、まずは賢人会議の事について話さないと。

「私の協力者である大臣のルイード様から頂いた情報を、後でお渡しします。それらを含めればランドルフに責を問う準備は万全です」

「流石だな……そこまで根回ししていたのか」

辺境伯領で過ごす間、ずっとルイード様と手紙でやり取りを交わしていた。

彼から手に入れた王宮の現状は、ランドルフの酷さを痛感するには十分だった。

「ランドルフは私を廃妃としてから起きた問題に何一つ対処できていないようです。加えてマーガレットの暴走も止められず、今や王宮の者は五割以上が退職したと聞きます」

まぁ、その退職を促したのは私だけど……

ディラン様は王宮の実情を聞き、信じられないといった様子だった。

「なるほど……人員流出を止められないのは紛れもなくティーナを廃妃としたのが原因だろう。賢人会議で責を問う良い口実にできるな」

私はディラン様の言葉に大きく頷いた。彼の呑み込みの速さには本当に助けられている。

賢人会議の準備や、各有力貴族への根回しも驚くほどの速さで実行するのだから、頼もしい。

「本当に……ありがとうございます。ディラン様」

「感謝は後にしてくれ。必ずランドルフに責任を償わせてやる」

「はい……頼みました」

笑みを浮かべれば、ディラン様は私を見つめて放心した様子だった。

「ど、どうかしましたか？」

「君の隣に立てるようになるまで、あと少しだ」

「え……？」

彼は呟きながら、私の手を握った。

「君の目的を果たせば……もう遠慮する必要はないはずだな？」

「な、なにを言いたいのですか？」

戸惑いつつ目を合わせると、ディラン様は私の身体を強く引き寄せた。

「俺がティーナに好意を抱いていると言えば、君は聞き入れてくれるか？」

あまりに率直な言葉に、目を見開く。まったく心の準備ができていなかった。

盟友、隣に立つ相手という言葉以上の関係を期待する彼に、じわじわと頬が熱くなるのを感じる。

「う、嬉しいですが……と、突然で……」

「返答を考えておいてくれ」

返事を待ってくれるという言葉に甘え、今はなにも答えられない。ただ、これほど抱きすくめられているのに、一切抵抗する気が起きない、というのが……私の答えに近い気はするけれど。

「……すぐに帰ってきてくださいね。待っていますから」

「あぁ……もちろん」

腕の中から彼を見上げると、私の言葉に嬉しそうに笑うディラン様が本当に嬉しそうで……

賢人会議が終わるまで、私は別のドキドキを抱えることになりそうだった。

後悔・四　(ランドルフside)

マーガレットが出ていってから、彼女に関する心労はなくなった。

だが、それ以上に苦しい日々が訪れた。

さらに膨大な量の政務が押し寄せ、絶え間なくルイードや文官が執務の訂正を持ってくるのだ。

「まだこんなにも政務があるのか？　いくら時間をかけても終わらんぞ！」

耐え切れずに吐いた俺の叫びに、文官達は冷ややかな視線を送り、ため息を吐く。

「ランドルフ陛下、もう一度言いますが、これらは全てクリスティーナ様が貴方の代わりに請け負っていたのですよ」

「っ!?　また……クリスティーナか……」

「陛下、クリスティーナ様が役立たずであったと、まだ言えますか？　まだ認められませんか？」

もう何度目になるかも分からぬ問いかけに、返す言葉が思い浮かぶはずがない。

なにせ俺が受けていた報告は虚偽であったと分かった今、クリスティーナを廃妃にした選択は間違っている。だが、俺は騙されていただけだ……ルイードに話せば分かってくれるはずだ。

「ルイード聞いてくれ、俺はクリスティーナについて虚偽の報告を受けていた。騙されていたんだ」

許しを得るように吐いた言葉だが、ルイードは特段表情を変えずに返答をした。

「ええ……そうなのでしょうね。貴方がクリスティーナ様に下した評価は間違いでしたから」

「さ、察していたのか……？」

「騙していた者達は私が見つけます。ですが陛下、それで貴方の責任は消える訳ではありません」

言い訳など許さないとばかりに、ルイードは態度を変えてはくれない。

だが彼の言う通り、騙されていたとしても、正否の判断もせずに廃妃を決めたのは俺だ。

「貴方の過《あやま》ちのせいで、今や王家の存続すら危うい事態なのですよ」

責める言葉を吐くルイードの瞳は鋭く、とても王族に向ける目ではなかった。

国を支えてくれていたクリスティーナを廃妃にした俺を、彼は断罪する気で責め立てる。

「……」

だが、どうすればいい。

俺の非が明らかになった今、謝罪する選択が正しいのは分かっている。

しかしそれでは、長く続いた王家に汚名が付くことになってしまう。それだけは駄目だ。

せめてクリスティーナの居場所さえ分かれば、話し合って和解できるかもしれないのに。

心の中でいくら懇願しても、変わらない現実に涙がこぼれる。

皆に睨みつけられ、静寂が続く執務室。その沈黙が女性の甲高い声によって崩れた。

「ランドルフ！」

「っ‼　マーガレット……」

現れたのはマーガレットだった。

逃げていたはずの彼女が戻ってきたようだが、酷くやつれており、かつての美しさの欠片《かけら》もない。

しかし俺には彼女に対する心配の気持ちはなく。どの面を下げて帰ってきたのだと、睨みつけた。

「いまさら、なんの用だ。マーガレット」

「ランドルフにお願いがあるの……私を許してください。これからは貴方の言う通りに王妃として務めを果たすと誓います」

「俺を騙していたお前を許せと？」

「今度こそ！　貴方を心から愛して……生涯を支えると誓うわ！」

俺を支えてくれる、だと？

以前とまるで違う殊勝《しゅしょう》な言葉に淡い希望を抱いたが、マーガレットが懇願《こんがん》しながら渡してきた紙を見て、その思いは霧散《むさん》した。

「だから、私を助けてほしいの」

「なっ………っ⁉」

それは、ライオネス辺境伯家を貶《おとし》めた罪の示談金として大金を支払うという誓約書だった。

マーガレットの改心に見せかけた言葉は、金の無心をするためだったと理解して、拳を机に叩きつける。

「お前は結局、金のために俺を利用していたのか？」

「ラ、ランドルフは王だから、国費から出せるでしょう？　今の私を救ってくれれば、今度こそ支えてみせるから！　ローズ家からは追い出されて、もう貴方しかいないの！」

——クリスティーナならば絶対に、そんな誇りのないことを言わないはずだ。

これほど愚かなマーガレットに熱を上げていた自分が本当に嫌になる。

「できるはずがない……いい加減にしろ！」

思わず荒らげた声に、マーガレットも必死な様子で抵抗する言葉を吐く。

「な、なによ！　貴方は妃《きさき》である私を幸せにしなさいよ！　それが王としての責務でしょ！」

正妃として最低限の義務も果たさず、権利だけ主張する彼女に今となっては嫌悪しか抱けない。

「この国を治める国王なんだからお金なんてドンと出して、私を幸せにする器量を見せてくれてもいいじゃない！」

かつて愛していたマーガレット。俺が信じていた愛情はこんなに醜いものであったのだ。

「いい加減にしろっ!!」

「っ!?」

振り上げた手がマーガレットの頬を叩いてしまう。

頬を押さえた彼女は、被害者だと主張するように周囲に叫んだ。

「見たわよね!?　私は今……ランドルフから暴力を受けたわ！」

「黙れ！　貴様には国費を横領した罪で……正妃であろうと罪を償ってもらう！」

苛立ちから言い放った言葉を止められない。マーガレットに責任を問えば、彼女がクリスティーナよりも妃《きさき》に相応しいという言い訳すらできなくなる。

だが、目の前の醜さを具現化したような女に、もう耐え切れなかった。

「貴様は廃妃とする！　すぐに王宮から消えろ！」

「え……そんな！　ランドルフ！　助けてよ！　お願いだから！」

「連れていけ！」

ようやく俺が許す気がないと分かったのか、救いを懇願したマーガレットは衛兵に連行される。

国費に加えて、あれだけの示談金を請求されても、彼女には返済能力がないだろう。

ローズ男爵家にも払えるだけの財はないはず。借金をまっとうに返そうとすれば、家や領地を売る必要がある。もしも男爵家がマーガレットを見捨てたのが本当だとすると、彼女が身を売るしかない……

かつて愛していたマーガレットの末路は悲惨かもしれない、しかし心は痛まなかった。

それは、俺は偽りの愛さえ失ってしまったことを意味している。

クリスティーナを廃妃したことで……多くの真実を知って、全てを失っているのだ。

「ルイード……どうにかならないのか？　クリスティーナを捜せ、彼女と話し合えば、まだ――」

視線をルイードへ向けるが、彼はため息を吐いて首を横に振る。

「残念ながら、未だにクリスティーナ様は行方不明です」

「あ……あぁぁ。どうすれば……いいんだ」

彼女を自分で突き放してしまった愚かさを痛感し、嘆きの声を上げる。

支えてくれる人も居なくなった俺は、一人で立っていられる力もなくしてしまったのだ。


数日後、追い打ちをかけるように最悪の一報がルイードより告げられた。

「辺境伯のディラン様が、賢人会議を開くことを発議されました。クリスティーナ様を廃妃にし、王国に多大な損失を与えた王家へ責を問うとのことです」

「なっ⁉」

恐れていた事態が起こってしまった。

賢人会議を発議《はつぎ》したのは、マーガレットに示談金を請求していたライオネス辺境伯家だ。

隣国との境を守護する辺境伯家は国内一の武力を保有しており、公爵家と同等に影響力は大きい。

その辺境伯が賢人会議を発案したとなれば、俺に拒否権はない。

無力感で俯くと、ふいに執務室の扉が開いた。

「ランドルフ、やはり……恐れていたことが訪れたようだな」

「父上……⁉」

病におかされていたはずの父上がそこに立っていた。ルイードが一切驚いていないところを見ると、彼が父上に伝えたのだろう。父上は荒い息を吐きながら、病室からここまで来てくれたのだ。

俺は椅子から立ち上がり、床に膝をついて父上を見上げた。

「申し訳ありません、父上！　……クリスティーナの件、俺は騙されて」

「過ぎたことはいい。ルイードから報告を受けた。今は王家に汚名がつかぬように動くしかない」

「し、しかし……」

「いいか、まだ賢人会議は発議されたのみ。実現には参加する有力家の全ての同意が必要だ」

父上の言葉に、ほっと胸をなで下ろす。

そうか、まだ賢人会議が開く事が決まった訳ではない。まだ挽回する時間は残っている。

父上は、昔と少しも変らぬ威厳のまま俺を見据えた。

「時間のあるうちに、お前が有力者に根回しをして賢人会議の開催を拒否させせよ」

「は、はい！」

父上の言う通り、長く続く王家に汚点を残さぬよう早急に賢人会議を阻止しないと。

俺は勢い良く立ちあがり、ルイードに呼び掛けた。

「ルイード！　今から諸公爵家のもとへ向かう。賢人会議が開かれることを阻止するぞ！」

クリスティーナを廃妃したことを後悔して、ただ指を咥えて断罪を受け入れる訳にはいかない。

誇り高き王族の一人として、俺にできることを尽くそう。

しかし、なぜか……ルイードは机の横に立ち尽くしたまま沈黙して動かない。

「……申し訳ございませんが、賢人会議が開かれるのは決定しております」

「は？　何を言って……」

「私はこの報告を五日前には受けておりました」

「は!?　なぜ報告しなかった！」

「ランドルフ陛下、分かりませんか？」

他の者が次々に辞めていく中、一人残ってくれたルイード。

それが彼の忠義によるものだと思っていたが……

今の彼が向ける、侮蔑するような視線からは忠義など感じられなかった。

最悪の想像が頭によぎって、サッと冷や汗が背筋に流れた。

「辺境伯様より連絡を受けた私は、すでに賢人会議の参加者達の同意書を集め終えております」

「な……なにを……言っている、お前」

賢人会議の参加者は王家に次ぐ権力を持つ貴族家の四人だ。

発案者の辺境伯に加え、貴族派閥で一番の力を持つ公爵家に、国の宗教の代表である司教。

そして……残りの一人は――

「ルイード……王家への忠義を忘れたのか⁉　なにを考えている⁉」

父上が鬼の形相でルイードへ詰め寄るが、彼は一切の動揺もなく俺を睨みつけたままだ。

その威圧感に押されて、後ずさってしまう。

「クリスティーナ様を廃妃にした陛下に怒りを抱えながらも……私が大臣という職務を辞めなかったのは……クリスティーナ様に託された、この役目を果たすためです‼」

「ま、待て！　まずは話し合うべきだ！　愚かな真似はよせ！」

父上が慌てているのは、賢人会議の参加資格を有する最後の一人が、大臣のルイードだからだ。

その彼が、賢人会議を確実に開くために根回しをしていた。

王家に忠義を誓い、彼なら最後は助けてくれると思っていた淡い希望が打ち砕かれる。

実際の彼は怒りを抑えて、蛇のようにしたたかに俺の喉元を狙っていたのだ。

「私の助言を無視したのは貴方です。クリスティーナ様への非道には相応の報いが必要でしょう」

宣告を受けた俺と父上は、絶望してうなだれるしかなかった。

クリスティーナを廃妃したのは間違っていたと、改めて痛感する。

王宮の人員は流出し、マーガレットとの愛は絶えた。

俺は虚偽の報告に騙されて、最も信を置いていた者にさえ見限られた。

後悔ばかりだ……クリスティーナがいればと思わずにはいられない。

「賢人会議の日を、お待ちください」

そんな言葉を吐いて去っていくルイードの背に、俺は返す言葉すらなく項垂れた。

◇◇◇

いくら後悔しても時間は進み、賢人会議の日がやってくる。

王宮にしつらえられた会議の間へと進む足が鉛《なまり》のように重く、吐きそうだ。

そんな時、道中で父上が待っているのが見えた。

「父上？　いったい何をして……」

「これを持って行け、ランドルフ」

「っ……これは……」

父上は俺へといくつかの書類を渡す。

その中身を見て驚愕した。

それはクリスティーナが王家に多大な損害を出したと、偽った内容の報告書だった。

俺が騙されていた報告書よりも精巧で、王が認めた証まで押されている。完璧な偽装だ。

「これは……父上が用意してくださったのですか？」

「お前が何者かに騙されていたことを責める気持ちはあるが……今は王家を守るために行動するしかないだろう。ここで王家が崩れる訳にはいかない」

「まさか……それでこれを……」

「あぁ、儂が偽装した書類を用いて……賢人会議の場でクリスティーナを貶《おとし》めよ。廃妃の選択が間違いではなかったとするため、騙されていた内容を事実とするのだ」

それは、父上が王家を守るために、世話になっていたクリスティーナを切り捨てる行為だ。

人道に反している事は……俺でも分かる。

戸惑っていると、父上は冷徹な目で俺を見つめた。

「賢王と呼ばれた儂の息子が、愚王と呼ばれるようなことはするな。分かっているな？」

「……っ、分かりました……全ては王家のために」

父上の視線に恐怖する。

だが、父上の言う通りだ。王たる俺が間違いを犯して、罪を背負うなんて汚点を残す訳にはいかかない。

決意を固めて、偽装された報告書を手に議場へと辿り着く。

重々しい扉を開けば、すでに参加者は集まっていた。

「陛下。どうぞ座ってくれ」

賢人会議の発案者でもあるディラン・ライオネス辺境伯が、ニコリと微笑んで椅子を指す。

しかし端正な顔立ちに添えた軽い笑みとは裏腹に、その紅の瞳は鋭く俺を睨んでいた。

「そうですね。緊張なさらずにお話をしましょう、ランドルフ陛下」

ライオネス辺境伯の隣に座っていた、祭服を身に纏《まと》う老婆が同じく手招く。

彼女は多数の信者を抱える国教の司教だ。齢《よわい》九十ながら未だに若々しく、眼光は衰えない。

「どうぞ、陛下」

さらに椅子を引いて俺の肩に手を置いたのは、スクァーロ公爵家当主だった。

その手は力強く、俺を逃がさぬように椅子へと座らせてくる。

スクァーロ公爵は二十五年前、隣国との戦争で戦果を挙げた一人だ。

さらに他国との貿易により王国へ多大な恩恵を与えており、その影響力は王家に並ぶ。

いや……公爵だけではない、この場の全員が俺を罰する権利を有していると気付き、身が震える。

「お待たせしました」

最後にルイードがやってきて、いよいよ賢人会議が始まった。

早速、ライオネス辺境伯が口火を切る。

「ランドルフ陛下。早速ですが、長く貴方を支えてくださった側妃クリスティーナ様を廃妃にした理由についてお答えください」

「そ、それは……」

「数多くの功績を残していた彼女を廃妃にした判断は、王国に多大な損失をもたらしたと聞きます。廃妃をした事には、相応の理由があるのでしょうね？」

ライオネス辺境伯の言葉と同時に、鋭い視線が集まって身がすくむ。

——このままでは、クリスティーナを廃妃にする選択を下した俺が責任を負う事は確実。

だが、王に間違いがあったと認める事は許されない。

身体をこわばらせながらも、俺は父上から受け取った報告書を皆へと配る。

「聞いてくれ。ク、クリスティーナは自分本位な行為で王国へ不利益をもたらしていたのだ、加えて他の男と逢瀬《おうせ》をしていたことも分かって廃妃とした。証拠は配った報告書に書かれている！」

クリスティーナ、俺の行為が間違っているとは身に染みて分かっている。

だが、俺が王として残るためにはこの選択しかないんだ。

「この内容は……本当ですか？」

ライオネス辺境伯は表情を変えなかったが、深紅の瞳に射貫かれると身がすくみあがる。

しかし、一度吐いた言葉を飲み込む事はできない。

「——あぁ、全て事実だ」

その瞬間、近くに座っていたルイードが大きなため息を吐いた。

「それが……貴方の答えなのですね。ランドルフ陛下」

なにを呆れている。

仕方がないだろう……俺は王としての責任がある。失敗など許されない。

クリスティーナを犠牲にしても守らなくてはならない立場があるのだ。

そう考えて、自分の行為のやましさを振り払う。

だが顔を上げた瞬間。周囲の視線がさらに酷く冷たい眼差しに変貌している事に気付いた。

こちらに鋭い睨みを向けて、スクァーロ公爵が口を開く。

「陛下、クリスティーナ殿が王国にもたらした不利益を具体的に教えてください」

「クリスティーナは使用人達に当たりが強く……多くの使用人が彼女のせいで辞めた」

「そうですか。おかしいですね……実は最近、元王宮勤めの使用人達を雇ったのですが、彼らの皆がクリスティーナ殿の優しさを褒めておりましたよ？」

ま、まずい……この話を続けてはボロが出る。

早急に別の話題に切り替えよう。

「クリスティーナが行った政務も酷いものだった。与えた仕事はいつも途中で投げ出して……」

嘘で塗り固めた言葉を遮り、ライオネス辺境伯が苛立った声色で口を開いた。

「彼女はむしろ、本来なら陛下がすべき政務まで任されていたと聞いていますが？」

「だ、ちが……それは」

「加えて農地管理や孤児院制度の改革、貴族と事業を起こして利益を生んだ功績も多くある」

「あ……それは……」

「さて、今の事を踏まえると、さきほど貴方が証言した他の男との逢瀬の件。彼女の多忙な日々に男と会う時間はどれだけあるのだろうか？」

「じ、時間は……その……」

押し寄せる質問に、当然ながら何も答えられない。

浅はかな偽りしか口から出ない俺と、徹底的に事実を調べ尽くしたらしい彼らとでは土俵が違う。

なによりクリスティーナが残してきた功績の多さに、俺の嘘はあっさりと否定されていった。

「――マ、マーガレットにも彼女は裏で手をあげていたのだ！　そんな側妃は王宮に残せない！」

慌てて取り繕った言い訳に、先程から黙っていた司教が重々しい口を開く。

「そもそも、マーガレット様を正妃にした陛下の選択にも違和感があります。私の教会には彼女から受けた暴力、罵倒により精神を病んだ者が救いを求めてくるほどですよ」

「そ、それは……」

「もういい。下らない嘘に付き合う気はない」

ガタンと大きな音が響く。立ち上がったライオネス辺境伯が椅子を蹴り飛ばしたのだ。

諌《いさ》める者は誰もいない。

ライオネス辺境伯の眼差しには確かな怒りを感じ、指先が震えた。

「ランドルフ陛下。この報告書は調査すれば虚偽だとすぐに分かる」

「……あ、う……嘘では」

「もう確かめるまでもない。今ここで、貴方がクリスティーナ様を貶《おとし》めた事実は証明された。国を支えていた彼女への非道な行いに対し、俺はランドルフ陛下に対して王権剝奪を求める」

「異論ない。我らの忠義は非道な人間には向けるものではない」

「ええ、愚王にはこの国を任せられませんわ……」

ライオネス辺境伯の提案に、公爵と司教は迷いもせずに同意する。

ルイードは黙りながらも、俺に向ける視線は憐れみを含んでいた。

彼らの決定に、何も返す事ができない。

王家を守るためとクリスティーナを貶《おとし》めたが……浅はかな嘘は、この国の有力者とクリスティーナが残した功績によってたやすく崩された。

「ランドルフ陛下……異論があるか？」

どうにかしようともがいたが、ただ状況を悪くしていただけだと気付く。

浅はかな嘘を吐いた時から、彼らはこの結果が見えていたのだろう。

誰からも認められているクリスティーナと違い、なにもできない自分が惨めに感じる。

絶望感から顔を伏せた時、議場の扉が開かれた。

「ま、待ってくれ！　どうか、どうか愚息を許してやってくれ！　この通りだ！」

議場へと訪れた父上が、ヨロヨロと地面にへたりこみ頭を下げた。

その行為はあまりに衝撃的だった。かつて賢王と呼ばれて支持を得ていた父上が膝をつき、地べたに這いつくばって諸侯に頭を下げているのだから。

その姿に、淡い希望を抱いた。俺でなく父上の嘆願ともなれば、有力者達も決断に迷うはず。

――そう思ったが……彼らが向ける視線の冷たさは変わらなかった。

「二十五年前、侵攻してきた隣国を相手に我らを指揮して見事に防衛を果たしてみせた賢王が……息子のためとはいえ愚策を選んだものだ」

父上を真っ先に責めたのは、戦争を経験していたスクァーロ公爵だった。

呆れたようなため息が聞こえ、胸が痛い。さらにライオネス辺境伯が俺を睨んだ。

「陛下が真っ先に非を認めていれば結果は違っていたかもしれないが……もう遅い」

「ぐ……ぅぅ」

歯を食いしばり、父上が呻く。

俺も同様に悔しさで拳を握りしめた。

思えば……最初から間違えていたのかもしれない。

クリスティーナの功績に気付いた時から真摯に対応していれば……いや、そもそも彼女を正妃として大切にしていれば、結果は違っていたのだ。

父上と共に誤ってしまった選択に、何度目かも分からぬ後悔が押し寄せた。

「い、いきなりランドルフが退位する訳にはいかない。一年間の猶予をくれないか？　隣国とだって未だに緊張状態だ。王が不在ともなれば、また攻めてくるかもしれない！」

父上が懇願するように退位までの猶予を求めたが……ルイードが首を横に振る。

「退位までの準備は三か月で済ませます。それに防衛に関する指揮系統は辺境伯様にも委ねられております。陛下が不在となっても隣国との防衛体制に影響はありません」

有り得ない……長く続く我がグリフィス王国の王家が、こんなにあっさりと潰《つい》えるのか？

ルイードの言葉に誰も異論もないという事は、議場の者達は誰一人俺達を許す気がないのだ。

「さて……ランドルフ陛下の王権剝奪は決まった、これで賢人会議を終了とする」

ライオネス辺境伯の言葉により、抵抗も虚しく王権の剝奪が決定事項となってしまった。

「ま、待ってくれ！　もう少し話をさせてくれ！」

父上の懇願は無視され、彼らは早々に立ち上がっていく。

「司教、教会まで手をお貸ししますよ」

「あら、ありがとう。ディラン……」

「ディラン殿、良ければこの後に大臣と共に酒でもどうだ？」

「スクァーロ公爵。お言葉は嬉しいのですが、今は早く会いたい者がおりますので」

「もしや、君も良い相手を見つけたのか？」

「はい……素敵な女性と会えました」

先程までの厳しい雰囲気とは一転、和気あいあいとした様子で彼らが去っていく。

残された俺と父上は無視され、もはや完全に見限られていた。

俺が騙され、間違ったせいで……長い王家の歴史が絶える。

絶望的な状況に何も言えないでいた俺に、父上が這いずるように近づいた。

その姿に昔の威厳は欠片《かけら》もなく、焦り切った表情だ。しかし、目だけがやけにぎらついている。

「諦めるには早いぞ、ランドルフ」

「し、しかし父上……」

「早急にクリスティーナを見つけだし、正妃として迎えよ！　長い間、お前を支えてくれていた彼女が許してくれれば……この状況は覆せる！」

「……っ!!」

俺は、その言葉に縋《すが》った。

そうだ。この絶望的な状況を覆す事ができるのは正にクリスティーナのみではないか。

彼女を再び正妃として迎え入れれば全て丸く収まる。

そして俺を長年支えてくれていた彼女なら、きっとまだ俺を想う気持ちは残っているはずだ。

騙されていた事実を全て話して、誤解を解けば……許してくれるに違いない。

そして、今度こそ彼女が抱いてくれていた愛に俺が応えてみせよう。

「父上、必ず……クリスティーナを見つけてみせます」

まだ終わっていないと気付けた、すぐにクリスティーナを探し出さないと……！

そうと決まれば、さっそく人員を集めるために動こう。

すでに王宮の人員は少なくなっているが、総動員してクリスティーナを捜索させればいい。

議場を出て、手近な者を探していた時だった。

「へ、陛下！　良かった……ここにいらしたのですね！」

「文官長？　どうした？」

慌てたようにやって来た文官長に、問いかけが漏れる。

彼は焦った声色で、俺へといくつかの書類を渡してきた。

「き、聞いてください！　虚偽の報告書を出していた文官を一人見つけ出しました！」

「っ!?　本当か……」

「え、ええ。そして彼は、ある者に指示を受けていたようなのです」

「まさか……俺を騙していた張本人が分かったのか!?」

「か、確証はありませんが……」

「名は分かるのか？　教えろ！」

クリスティーナを冷遇させるために俺を騙していた者。

その元凶を許せるはずがない。

俺が怒声交じりに尋ねると、文官長は困惑したような表情を浮かべ、震える唇で答えた。

「こ、近衛騎士団長の……エ……エドワード様です」

「……は？」

近衛騎士団長のエドワード……確か彼はクリスティーナと親しかったはずだ。

そんな彼が、俺を騙して彼女が冷遇される環境を作っていたのか？　なぜ？　どうして？

「ならば！　すぐにエドワードを呼び出せ！　俺のもとへ連れてこい」

「そう思っていたのですが！　現在……エドワード様の行方が分からないのです！」

「なっ!?」

その時、俺はエドワードと以前に会った際、言われた言葉を思い出した。

『クリスティーナ様を廃妃にしてくださり、感謝いたします』

唯一、俺に礼を告げていたエドワード。彼が俺を騙していた理由はまだ掴めないが……

あの言葉は確かに、クリスティーナが廃妃にされる事を望んでいた。

つまり……エドワードは彼女が一人になる機会を待っていたということか？

「す、すぐにエドワードの行方を追え!!」

「は、はい！」

エドワードの目的は掴めない。

ただ……言いようのない嫌な予感が胸を満たしていった。

第六章　募っていた想い

ディラン様が賢人会議のために辺境伯領から離れて十日が経った。

今頃、彼は賢人会議を終えて帰路についた頃だろう。

結果が楽しみな気持ちが半分、久しぶりに会う事への期待も半分で家事を進める。

ほんの数カ月前まであれだけ毛嫌いされていたのに、今ではまるで違う想いを抱いている。

早く会いたいと思う気持ちが、離れる日が長くなるごとに大きくなっていく。

待っている間、掃除をして気を紛らわしているうちに、屋敷には塵一つなくなっていた。

「クリスティーナ殿、紅茶を淹れましたよ。休憩にしましょう」

すでに私についてディラン様から聞いているドグさんは、偽名ではなく本名で私を呼んでいる。

彼の休憩する提案に頷き、淹《い》れていただいた紅茶の香りに心を落ち着かせる。

すると、外から馬車が走る音が聞こえてきた。

思わず立ち上がると、ドグさんがほほえましそうに私を見て、首を傾げた。

「ディラン様が帰ってきたのでは？　良ければクリスティーナ殿がお出迎えいたしますか？」

「二人で出迎えないのですか？」

「今のお二人の間に、私はお邪魔でしょう？」

ニコリと笑うドグさんの返しに、思わず頬の熱が高まる。

事実、私は屋敷に近づく車輪の音に待ちきれずにソワソワとしてしまっていた。

「では、出迎えてきます」

「ええ、ごゆっくりと」

意味深な言葉を背中に受けながら、屋敷の玄関扉へと足を進める。

外から足音が近づいてくる。しかし、扉は開かれることなく乱暴なノックがなされた。

館の主人であるディラン様がノックをすることはない。では、今外にいるのは彼ではない？

疑問を抱いて扉を開いた瞬間、目の前の光景に言葉を失った。

「お、お父様……っ!?」

扉を開けた先に立っていたのは、私の父——アンドレア・フィンブルであった。

なぜ？　どうして？　と、動揺して動きが止まった隙に、開けた扉の隙間から手を掴まれる。

父は笑顔さえ見せず、私の手を強く引いた。

「っ……や、やめてください！」

「帰るぞ」

「嫌です！　突然やってきて連れ帰すなんて、なんのつもりですか！」

「関係ない。私はお前を使用人にするために育てていたのではないのだぞ！」

「私の人生は、貴方に決められるものではありません！」

「それではお前は幸せにはなれない！」

「貴方が私の幸せを決めつけないで!!」

大きく叫んだ声に、父は動揺して手を離す。

だが、その隙に扉を閉めることは叶わなかった。

父が扉から無理やり身体を入れ、眼光をさらに鋭くする。

「みっともなく叫ぶな。言う事を聞け、私に従っていれば幸せになれるのだ！」

「私はもうお父様やお母様の人形じゃない！」

「——クリスティーナ殿！」

叫びを聞きつけたのか、ドグさんが私と父の間に入って庇おうとする。その時だった。

「……落ち着いてください。二人とも」

緊迫の中、呑気に父の肩を叩いた手が見えた。

父が声に流されて扉を握る力を抜くと、空いた扉の隙間から声をかけた人物が顔を覗かせる。

その顔に驚愕した。その茶色の髪と、優しい瞳を見まがうはずもない。

彼は、エドワードだ。

「な、なぜ貴方が……？」

さらにエドワードの傍には、心配そうに状況を見ている母――レイチェルもいた。

接点のなかったはずの両親とエドワードが屋敷に来ている状況に戸惑っていると、エドワードが微笑んだ。

「とりあえず、客間に入れていただけますか？　まずは話し合いをしましょう」

ここに来た理由は分からないが、エドワードの優しそうな笑みは記憶と違わない。

警戒心は残しつつも、彼に従って扉を開く。ドグさんも頷いて了承してくれた。

素直に受け入れたのには理由がある。まず、父に帰ってほしいと言っても到底受け入ないだろう。

そんな状況で屋敷の扉を閉めて激高させれば、力ずくで馬車に乗せられてしまう可能性がある。

ならば、まだ屋内で話し合う方がマシだ。

そう考えながら、両親とエドワードを客間まで案内した。

客間に到着し、机の向かいに腰かけた両親が私へと口を開こうとしたのを見て、慌てて「紅茶を淹《い》れる」と口実を作り部屋を出ていく。

まだディラン様が帰ってきていない。どうしようかと頭を悩ませていると肩を叩かれた。

振り返れば、エドワードが困ったような笑みを浮かべている。

「突然の訪問となってすみません、クリスティーナ様」

そうだ、まずは彼に事情を聞くべきだったと、私はさっそく疑問を投げかけた。

「エドワード……どうしてここが分かったの？　それにどうして私の両親と一緒に居るの？」

すると、エドワードは満面の笑みを浮かべて私の手を握った。

「貴方の居場所が分かったのは、ずっと見てきていたからですよ。クリスティーナ様」

「ずっと見てきた？」

「そんなことはお気になさらず。ああ、嬉しいです。久しぶりに貴方に会えて……」

そう言って、彼は目と鼻の距離まで顔を近づけてくる。

そして、私に聞こえるほど大きく、ゆっくりと呼吸を繰り返した。

「あぁ……久々に……貴方の匂いだ。いつもの香水はもう使っていらっしゃらないのですね？」

「っ……」

いつもと違う態度と言葉に寒気がして一歩引くと、エドワードは恍惚とした表情を浮かべていた。

彼は私の腕を掴みあげ、荒い息を吐く。

指を無理やり絡めようとしてきたので抵抗すれば、彼はため息を吐いた。

「酷いなぁ。せっかく貴方を迎えにきたのに、そんな寂しい態度はやめてください」

「な……!?　突然……なにを言って……」

「ねぇ、こんな辺境に貴方は居るべきじゃありません。帰りましょう？」

どこか調律のずれたピアノのように話が通じない。そんな彼の様子に血の気が引いた。

以前と変わらない笑顔を浮かべているはずなのに、その瞳は濁っているように見える。

「せっかく貴方の両親を連れてきたのです。話し合ってフィンブル伯爵家に帰りましょう」

「い、嫌です。それに私の事は貴方には関係ありません」

「関係ありますよ、これはクリスティーナ様のためでもあるのですから」

「私のため……？」

「ええ。貴方の幸せはこんな所にはありません。貴方が一番美しく在れるのは――――」

エドワードの豹変に恐怖していたが……ここに幸せはないとの言葉に、プツンと何かが切れた。

彼は私の気持ちを無視して、勝手な理由で両親まで連れてきた。

その上、私が幸せだと感じている気持ちすら否定したのだ。

ここは私が手に入れ、認められて……ようやく手に入れた居場所だ。

誰であろうと……それを踏みにじることは許さない。

「いいわ……エドワード」

「素直にフィンブル伯爵家に戻ってくださるのですか？」

「いいえ？　両親と貴方の考えを否定する事を決めたのよ、戻る気などあるはずがない」

屋敷を飛び出した時から私の決意は変わらない。

私は、もう誰にも人生を否定させないと決めていた。

だから、エドワードや両親が『私の幸せのため』だなんて吐く口を黙らせてみせる。

「な、なにを言っているのですかクリスティーナ様！　貴方は幸せのために屋敷に帰るべきです！」

「私の幸せは自分で決めるわ。まずは……家族で話をさせて」

勢いをつけてエドワードに掴まれていた手を振り払い、両親の待つ客間へと戻る。

これは無謀な策でもない。あと少しでディラン様も帰ってくるはずだ。

だから今は様子のおかしいエドワードの相手をせず、両親との話し合いで時間を稼ごう。

怒りに流されぬよう冷静な思考を保ちながら、客間の扉を開くと、父が私を睨んだ。

「さっさと荷物をまとめて屋敷に帰ってこい！　お前のワガママで私達を心配させるな」

「そうよ、帰ってきなさい。私達が貴方を幸せにしてあげると約束するわ」

やはり、父も母も私の話を聞く気はないようだ。

自分達に従っていれば幸せだと思い込み、私を昔のように縛り付けたいのだろう。

呆れつつも二人の向かいに座り、まっすぐ二人を見つめる。

「私は……貴方達に幸せにしてほしいなんて求めていません」

「いいか？　お前がそうやって自分本位に動くからランドルフ陛下にも見捨てられたのだぞ？」

「ええ、きっとそうよ。お母様が教えた通りにしていれば問題なかったはずだもの」

私の言葉など届いてはいない様子で、二人は次々にまくしたてる。

「……お父様、お母様、私が何を思ってここに居るのか分かっているの？」

話を聞いてもくれない二人に、ついそう聞いてしまった。

「そんなものは分かる！　私達の言いつけを破った罪悪感からここで身を隠していたのだろう？　そんなみっともない行為、私達は許さんぞ！」

しかし聞いたことをすぐに後悔した。本当に自分達の都合のいいようにしか見ていないようだ。

彼らは私が現実から逃げるために、屋敷を出たと思い込んでいる。

「……貴方達は思い込みだけで私を責めて、私がここで成した事を見ようともしないのですね」

「何を言っている！　一介の使用人に成り下がったお前が、何を成したというのだ！」

「私はこの辺境伯領で農地管理と医療改善を行っております」

「嘘を吐くな！　そんな事がお前にできるはずがない！」

私の言葉に母は目を丸くして黙ったが、父は余計に怒った様子で机を叩く。

その様子があまりにみっともなくて、呆れを知らせるように大きなため息を吐いた。

「自分達に都合の悪いことは聞かない癖は直してください。そうやってずっと……今までも、私が王宮で何をしていたかも聞かず、非難するばかりでしたね」

「ち、違う、私達はお前を責めていた訳では……」

「なら、どうして私のことをなにも知らず、廃妃にされた原因を決めつけるの？」

「それは……心配をしているだけなんだ。お前の将来のためを思って」

心配？　父の心配なんて言葉は詭弁だ。

もし本気でそう思うなら、私が側妃としてなにをしてきたのか、知ってくれているはずだ。

「心配と思うのなら……一度でも私がこの辺境伯領で何をしていたか調べてくれたの？」

「それは……」

「してませんよね。だって貴方達は話も聞かずに、私を連れ帰ろうとしているもの」

「い、いい加減にしろ!!　お前は私達に従っていれば幸せになれるのだ！　お前が廃妃にされたのは、紛れもなくお前が私達の言いつけを破ったせいなのだぞ！」

両親は、いまだに私が言いつけを守っていなかったせいで廃妃になったと思い込んで私を責め立てている。

そうやって私に責任を感じさせ、自分達を信じていれば幸せになれると思い込ませたいのだろう。

父の愚かな考えを否定すると決めて、睨みつける。

「私が王妃だった頃、一度だって貴方達の言いつけを破ったことなんてありませんでしたよ。でも……その結果が廃妃です。これが貴方達を信じて得られる幸せですか？」

「……っ!!」

「貴方達に頼らずとも、私はこの辺境伯領で十分幸せに過ごしています。さっさと帰ってください」

そこまで言い切って、ふうっと息をつく。言いたいことを全て吐き出せた。

しかし、まだ両親は納得していないように渋い表情で私を睨んだままだ。

「いいか？　辺境伯様も今は優しいだろうが、いつかお前を蔑《ないがし》ろに扱うかもしれないぞ」

「ディラン様を馬鹿にしないで……彼はそんな人じゃない」

「いまはそう思うだけだ。本当にお前を想っているのは私達で……」

「私を想っている？　今まで一度も話を聞いてくれなかったお父様にだけは言われたくない！」

「…………っ」

言い返す言葉がなくなったのか、父は真っ赤な顔のまま俯いた。

そんな父の姿を見て、先程から黙っていた母が私へと口を開く。

「私達は本気で貴方を心配しているのにどうして分かってくれないの？　貴方の幸せのために力を尽くす気で迎えに来てあげたのに……」

「分かってくれないのは貴方達です。私の幸せを願うのであれば、自分本位な考えを捨てて話を聞いて……私は今でも十分幸せなの、貴方達の幸せを押し付けないで」

「っ……!!」

まっすぐに見つめ返せば、母も視線を逸らし、ばつが悪そうに俯く。

ようやく、自分達の幸せを押し付けていた事に気付いてくれたのかもしれない。

両親は沈黙したままとなり、これで諦めて帰ってくれるだろうと思った時だった。

「流石クリスティーナ様です。しかしフィンブル伯爵家には戻ってもらいます」

客室の扉を開けて入ってきたのはエドワードだった。今まで外で話を聞いていたのだろう。

窓から差し込む光に照らされた彼の笑顔は、ますます不気味に見えた。

「アンドレア様。こうなればクリスティーナ様は無理やりにでも連れ帰りましょう」

「──っ！」

彼は有無を言わさずに私の手を握る。振り払おうともがいても力の差は歴然だ。

最悪の展開だ。避けていた強引な手段がエドワードの先導によって行われてしまった。

そのまま私の腕を、父へと渡すようにして引っ張られる。

「アンドレア様、さぁ……最愛の娘であるクリスティーナ様を共に連れ帰りましょう」

「……あぁ、そうだな。連れ帰ってからお前が納得するまで話すぞ！　クリスティーナ！」

「ちょっと、アンドレア……無理やりは駄目よ……」

「黙っていろ！　レイチェル！　お前は口を出すな！」

母の制止の声さえ聞かず、私へと掴みかかった父の手を必死で振り払う。

ここまで言っても話さえ聞いてくれないとなれば、もうどっちが子供なのかも分からない。

「……やめて！」

「クリスティーナ、私達は本気でお前を心配して……！」

「クリスティーナ様、俺が貴方のおそばに！」

父とエドワードが、私の身へと続々と手を伸ばす。

「やめて！　離して！」

彼らの爪が肌に食い込み、伸ばされた腕に掴まれる中で必死に抵抗する。

だけど……私の力ではろくな抵抗もできず、力に流されそうになる。

その時だった。

蹴り破るような勢いで客間の扉が開かれ、夜のような漆黒の髪が見えた。

客室へと入った彼は、すぐに深紅の瞳で私を捉えてくれる。

その姿に、たまらなく安心できた。

「ディラン様……」

「ティーナを離せ」

彼の冷静な声色、そして鋭い眼差しを受けて父とエドワードの手が緩んだ。

瞬間、ディラン様が私を抱き寄せた。

がっしりとした腕が私の肩を抱き、その目はエドワードと両親を睨みつける。

「誰が、彼女に触れる許可を与えた？」

「な!? 触れる許可など不要でしょう！ 辺境伯様にとってクリスティーナ様はただの使用人なのですから。彼女は両親が連れて帰ると言っているのです、貴方が口を挟む権利はありません！」

驚きながらも叫んだエドワードに、ディラン様は迷いもなく答えた。

「彼女は、俺の婚約者だ。口を挟む権利は十分だと思うが？」

え……？

衝撃的な言葉に、私でだけでなく、両親とエドワードさえも言葉を失っていた。

恐らく彼らを責めるための嘘なのだろうが、あまりに真剣な声に心臓が跳ねる。

「俺の妻にこれ以上触れるなら……容赦しない」

「う、嘘だ！ ライオネス辺境伯様は女性嫌いで、クリスティーナ様を遠ざけていたはずだ！」

威圧のこもったディラン様の言葉に、エドワードは声を震わせながらも叫ぶ。

どうやら私を監視していたと言っても、かなり前の情報しか持っていなかったのだろう。

……ずっと見てきたなんて言っていたくせに、何も分かっていないようだ。

ディラン様は彼の声を鼻で笑い飛ばし、首を横に振る。

「ティーナは辺境伯領になくてはならない存在だ。手離すはずがない」

「くっ……くそっ」

エドワードはディラン様からの睨みを受けて、唇を噛む。

それで十分だと思ったのか、ディラン様は視線を両親へと向けた。

「さて、ティーナの両親にも伝えておきたい事がある」

彼は私の両親へ敬意を払うように胸に手を重ね、ゆっくりと礼をした。

「彼女はこの辺境伯領が抱えていた医療問題を解決し、今は食糧問題の改善のために農地の改革をしてくれている。そんな彼女を産み育ててくださったお二人には感謝したい」

「え……クリスティーナ……まさか、本当に？」

ディラン様の言葉を受け、ようやく両親は私が言っていたことを信じ始めたらしい。

だけど、そんな悠長な返事をした二人へとディラン様は鋭い眼差しを向けた。

「どうやら何も知らないようだ。それで彼女を連れ戻そうとするのは、あまりに失礼では？」

「そ、そうですが……クリスティーナは廃妃にされるような愚かな娘です。我らが教育しないと」

「その廃妃の件も、非があるのはティーナでなくランドルフ陛下です。」

彼の言葉で、両親の視線が明らかに後悔と罪悪感を混ぜた表情に変わりはじめる。

「国王陛下は賢人会議の決定により、直に退位となります。俺を含めた参加者の皆が、陛下が彼女を廃妃した責任は重く、王国への損害が大きいと判断を下したのです」

同時にさらりと告げられた賢人会議の結果に両親は目を瞠《みは》る。

……やはりランドルフは何もできなかったようだ。

それもそうだ。

ランドルフが対峙したのは、ディラン様も含めてこの王国を支えてきた面々。

彼らの鋭い眼差しの前で事実を捻じ曲げられるはずがない。

「廃妃となった原因はティーナにはないと、ご理解いただけましたか？」

両親はお互いに顔を見合わせ、ときおり私と視線を合わせては気まずそうに逸らす。

父は「そんなはずが……」と呟き、母は涙目でずっと私を見つめていた。

ディラン様は、そんな二人の様子を見つめて、ゆっくりと言った。

「お二人には悪いが、ティーナは俺の大事な人となった。もう絶対に手放さない」

嘘だとしても……どうして、そこまで言ってくれるのだろうか。

聞いている私が頬の熱さに耐え切れず、顔を伏せてしまう。

そんな私を置いて、ディラン様は話を続けた。

「どうぞ、お帰りください」

「そんなことは受け入れられない！　いくら辺境伯様とはいえ、娘を相談もなく渡す訳には――」

父が声を荒らげてディラン様へと詰め寄るが、彼は一切表情を変えずに言葉を返した。

「相談を受け入れず、最初から彼女が悪いと決めつけたのはどちらだ？」

「知るか！　私の娘だ!!　私が幸せにしてや――」

「もうやめて、アンドレアっ！」

再び言い返した父の手を、母が握りしめた。

沈黙を貫いていた母が、私とディラン様を交互に見つめる。

「アンドレア、帰りましょう……私達が間違っていたわ」

「なっ、レイチェル……お前はなにを言っている！」

……目の前で起きたことが信じられなかった。

母が父に対立して意見する姿など、見たことがない。母は大事な髪が乱れるのも構わず父の手を掴んで乞う。

「私達が間違っていたわ。廃妃にされた結果を娘のせいになんて、してはならなかったのよ」

「間違ってなどいない!!　クリスティーナを、今度こそ私達が導いて幸せにするんだろう!?」

「それが間違っているのよ。クリスティーナは私達の手なんて借りずとも、自分で幸せになっているじゃない……導くなんてお節介、必要ないのよ」

「っ……」

「もう子供だった娘とは違う。それってとても嬉しいことのはずよ？　アンドレア」

「だが、クリスティーナを導かねば……また不幸になるかもしれないのだぞ……」

「やり方が違うわアンドレア……話を聞いてあげましょう。この子はずっと、それを望んでいたのよ」

「私は今度こそクリスティーナを幸せにしようと思っていた……それが間違っていたのか？」

不思議なことに、父は母の言葉をきちんと聞いているようだった。

混乱している父の背を、母がそっと押して優しく諭す。

「先に馬車に戻っていて、貴方には私がちゃんとクリスティーナから聞いた話を伝えるから」

「レイチェル……」

母の言葉に頷き、父は私へとばつの悪そうな表情を向けながら客室を去った。

扉が閉まった後、母は私の方に向き直る。その表情は酷く沈んでいた。

「ごめんなさいクリスティーナ……私が間違っていたわ」

「お母様……」

頭を下げる母は以前よりもやつれていることにようやく気が付いた。

心配をかけていた事が分かって、チクリと心が痛む。

憎んでいたはずなのに……その姿があまりに弱々しくて、思わず頭を下げ続ける母の肩を支える。

「私こそ……心労をおかけしました」

「いいのよ。要らぬ心配だったわ。いつまでも貴方を子供扱いして、自分達の経験だけを振りかざした教育を押し付けて……本当にごめんなさい」

「お母様……」

「髪、切った時よりも伸びたわね」

お母様は私の髪に触れる。幼い頃は大きく見えていたはずのその手が、今は折れそうな程に細い。

「ふふ、伸ばしていた頃よりも今の方が素敵ね。私の教えに従っていれば見られなかったわ」

その言葉と共に、お母様は私の頬へ手を当てて微笑む。

「貴方が私達を許せない気持ちも今なら分かる。アンドレアも意固地になっているけど、きっと分かっているはずよ」

その言葉にぐらりと心が揺れる。

そう、父は最後に「今度こそクリスティーナを幸せにしようと思っていた……」と言っていた。

それは今までの居丈高《いたけだか》な様子とはあまりにも違っていて、本気で言っているようだった。

――態度には出ていないが、心では私のためにと考えてくれていたのかもしれない。

そう思うと、幼い子供のような声が自分から零れ落ちた。

「私は……お母様とお父様に側妃だった頃のことを知ってほしかっただけなのです。廃妃の非が私にあるなんて……二人にだけは言ってほしくなかった」

「ごめんなさい……貴方が妃《きさき》として偉大な功績を残していたことは十分に伝わったわ。それに、ディラン様と幸せそうにしている姿を見て、心配なんて不要だとも気付いた」

母は、「でもね……」と言葉を続けた。

「言い訳になってしまうけれど……不安だったの。貴方が廃妃になった悲しみで命を絶つのではないかと怖かった。だからなんとか助力をしようと思っていたの」

「お母様……」

「でも、その結果が貴方を傷つけてしまった。私達の言うことが正しいと思ってほしくて、貴方の気持ちも考えずに側妃としての日々も否定してしまったのね」

「……」

「もう遅いけれど、私達は今度こそ貴方の話を聞くから……貴方の幸せを手助けさせて。アンドレアもきっと協力してくれるはずよ。あの人は、本当はとても貴方が大好きなんだから」

もう二度と関わらないと決めていたはずなのに、涙ぐむ母の姿に心が締め付けられる。

「それじゃあ、帰るわね……本当にごめんなさい……クリスティーナ」

またね……と、その一言を言わずに去っていく母の背中は小さくて。

耐えきれず、言葉がこぼれた。

「お母様…………またね」

絞り出した言葉。母はそれを受けて、ニコリと微笑んだ。

「貴方は昔と変わらずに優しい娘ね……ごめんね、不出来な母親で……」

お母様は瞳からボロボロと涙をこぼしながら、客室を去ってしまう。

涙ぐんだ私の肩を、ディラン様が優しく抱きしめた。

「きっと、また親子に戻れるはずだ」

「……ありがとうございます。私のためにも、両親へ責任を追及しないでくれて」

「恩はまだまだ返し切れてないからな……それに、まだ問題は残っている」

ディラン様が向けた視線の先には、こちらを睨みつけるエドワードが残っていた。

悔しそうに唇を噛み、その瞳には烈火の如く怒りを孕んでいる。

「なんだあの両親の不甲斐なさは？　クリスティーナ様の幸せがここにあるだと？　俺は認めない。ようやくランドルフ陛下から貴方を解放する計画を終えたのに……また誰かの手に渡るだと!?」

「私を解放する計画？　エドワード、貴方はなにを言っているの……？」

彼は意味の分からない言葉を吐きながら、私達へと一歩近づいた。

「クリスティーナ様、貴方は誰かに独占されてはいけない、こんな場所にいてはいけないのです。孤独でいる貴方こそがもっとも美しく、誰よりも慈悲に満ちているのだから！」

「何を……」

不気味な雰囲気でこちらを見つめるエドワードは、じりじりと近づいてくる。

「人は富を持てば傲慢になり、名声を求めて虚飾にまみれる。だから……貴方にだけはそんな醜い姿になってほしくないのです！」

エドワードは恍惚とした表情で、言葉を続けていく。

「ランドルフ陛下からの愛を失ったクリスティーナ様は、孤独だったからこそ人の痛みを知り、分け隔てない優しさを皆に与えることのできた、慈愛に溢れた美しい女性でした」

「エドワード……それは違うわ。私は孤独でなくとも、誰かのために――」

「違わない!!　貴方は誰かの手に渡れば、その優しさが独占されてしまう!!　消えてしまう！」

エドワードはいきなり叫び、腰に差していた剣を抜き取った。

即座にディラン様も対抗して剣を抜き、一触即発の雰囲気が漂う。

「だから、今度こそ俺が貴方を一人にしてみせる！　真の孤独の中で皆に優しさを与え続ける事ができるようになった貴方は、きっと後世に語り継がれる美しい女性になるはずだ！」

エドワードの妄執は、身震いする程に恐ろしい。

こんな想いを密かに抱き続けていた彼に驚愕しつつも、私は冷静を装って彼を見つめる。

「今度こそ一人にとは……さきほど言っていた『私を解放する計画』と関係しているの？」

問いかけた言葉に、エドワードは蕩《とろ》けた笑みを浮かべて私を見つめた。

「分かりませんか？　俺が部下を使いランドルフ陛下へ貴方の誤った評価を送っていたのです。あの愚かな男は簡単にそれを信じ、貴方の側妃としての素質を疑ってくれた。俺の思い通りにね」

その一言に、ランドルフがどうして私に間違った評価を下していたのか分かった。

だが、こちらが驚く間も与えず……エドワードはディラン様へ剣を向ける。

「さて、こいつを消し、一人になった貴方を今度こそ俺が支えます。いくら悲しんだっていい、貴方の涙は俺が拭き取って大切にしますから！」

「……気持ちの悪い愛し方だ。意味が分からない。そこまでの想いがありながら、彼女の父が再婚相手を探していた時になぜ手を挙げなかった？」

「俺はその時、クリスティーナ様の孤独を揺るがそうとする貴族達を黙らせていたんだ。それに……結婚することが愛じゃない」

エドワードは、私へと酷く熱のこもった視線を向けたまま語った。

「クリスティーナ様はランドルフ陛下から解放された。孤独の底に落とされた彼女は……きっと真の美しき優しさを皆に与えてくれるだろう。それを俺が支える。これこそが本当の愛だ！」

「そんなものが愛？　一方的な願望の押し付けに聞こえるが？」

「違う！　これならクリスティーナ様は皆に愛される。欲していた以上の愛を手に入れられるはずだ!!　これを理解できないお前に、クリスティーナ様を渡す訳にはいかない！」

言葉と共に、エドワードは剣を振るった。

恐怖から息を呑む……が、ディラン様はエドワードの剣をいともたやすく受け止めた。

鋭く鉄が衝突する音が響き、流れるような剣技でディラン様の剣が相手の首筋へと当てられた。

「有望だと聞いていたが、この程度か……」

「っ!!　な……なぜ、こんな剣技をどこで……」

「俺は生まれながら国を護るために修練を重ねてきた。お前のような、誰かを不幸に陥れるために身に付けた剣に劣るはずがない」

その言葉にエドワードが苛立つように目をぎらつかせる。

「っ!?　お、俺がクリスティーナ様を不幸にしただと!?　違う！　むしろ幸せにするため……」

「違うな、彼女が苦しむこともいとわず……ランドルフを騙して冷遇させたのだろう？」

「っ……!!」

「自分勝手な思いで彼女を傷つけた貴様に、ティーナの隣に立つ資格はない」

「ち、違う！　お、俺はクリスティーナ様がより美しく在るために！」

ディラン様の言葉に、エドワードは悔しそうに反論をまくしたてる。

かけられた言葉を受け入れたくないのか、苦悶の表情を浮かべていた……が。

「諦めてたまるか……ようやく、クリスティーナ様を解放したんだぞっ！！！」

「っ!! 貴様！ 死ぬ気か!?」

なんとエドワードは剣を首筋に当てられたまま動き、首から血を流しながらも距離をとったのだ。

「がはっ……な、なにを言われようと。クリスティーナ様の真の美しさを、俺が実現してみせる」

「っ!? 待て！」

エドワードはそう叫んだ瞬間、客室の窓を突き破って外へと飛び出していってしまう。

ディラン様も追いかけていくが――


「――すまない、取り逃がした」

戻ってきたディラン様は小さく首を横に振って、謝罪の言葉を漏らす。

エドワードは馬を用意していたらしく、傷もそのままに走り出ていったということだ。

おびただしい血痕を残しながらも、倒れることなく逃げ切った執念は恐ろしい。

ディラン様は疲れた表情で私の隣に腰かけた。

「エドワードについて教えてくれ。奴の考えを知りたい」

「私が王宮にいた頃によく話した仲です……」

その時は頼りになる存在だったと伝えると、ディラン様は痛ましげな表情で私の頬を撫でた。

「あの執着ぶりは異常だ、必ず別の手段で君に近づくだろう」

「私も……彼があのような想いを抱いていた事を、初めて知りました」

エドワードが最後に見せた瞳には、まだ私の事を諦めていないというような執着心が燃えていた。

その不気味さを思い出すと、わずかに手が震える。

まるで話の通じない獣に追われるような恐怖だ。

そんな私の震える手に、ディラン様の指先が触れた。

「っ!!」

「……大丈夫だ。もう俺は君の傍を離れない」

呟きながら、ディラン様は私の震える手を握りしめてくれる。

温かな温もりに手の平が包まれて、指先から震えが自然と消えていった。

「ありがとうございますディラン様。おかげで、少し落ち着きました」

「良かった」

しばらく彼が手を握り締めてくれて、私の不安だった気持ちが解けていく。

そして、次にすべき事を自然と考えていく、

「どうやら、落ち着いたようだな？」

私が冷静になったのが分かったのだろう、ディラン様は頬を緩めた。

「ありがとうございます。おかげで冷静になれました……」

「もう不安はないか？」

「はい。不安は消えました。おかげで、今後どう対応するか考える余裕もあります」

「流石だな。ひとまずティーナの目的通りにランドルフの処罰は順調だったが……エドワードの存

在が想定外だ。放置する訳にもいくまい」

同感だ。

いま、最も危険な人物となったエドワード。

彼がいつ私の身を脅かすか分からぬ以上、安寧は訪れない。

「しかし今日、エドワードはディラン様には太刀打ちできないことを知りました。私に迂闊に手出しできないと分かった今、無策で私達の元へは来ないはずです」

「なら……夜間にでも襲ってくるというのか？」

彼の疑問には首を横に振る。

エドワードが近衛騎士団長として働いていた頃の功績を見たことがあるが、どれも丁寧な策を講じたすえに賊討伐を実行していたはずだ。単純に襲ってくる可能性は低い。

彼は冷静になれば、強引な手段ではなく、確実な手口を用いて私を得ようとするだろう。

だから私は、それを読んで先回って動けばいい。

「……恐らくエドワードは、ランドルフと接触するはずです」

「ランドルフと？」

「ええ、賢人会議で結果は下りましたが、正式に退位となるまでランドルフは国王のままです。追い詰められた彼は処罰を免れるために躍起になっているでしょうし、何を仕出かすか分かりません」

「なるほど、ティーナを連れ戻すため、エドワードと共謀する可能性が高いということか」

私の推測を、ディラン様は見事に言い当ててくれる。

だが、彼は眉根をしかめて首を横に振った。

「もしそうなら、君は身を隠しておくことにしよう。奴らが狙うのは君だ」

確かにディラン様の考えは、私の身の安全という意味では最善だ。

しかし、次に講じるべき策は決して怯えながら隠れることではない。

「いえ、ディラン様。むしろ……こちらからランドルフのもとへ向かうのです」

「なに……？」

「前に言っていた、ランドルフへと最後の別れを告げる時が今だと思います。彼に会い、私はもう彼を想う気持ちも、戻る気もないことを伝えます」

「だが、それでランドルフが諦めると？」

私は小さく首を横に振った。

「諦めなくてもいいのです。目的はあくまでエドワードへと罪を問う事ですから」

「あぁ……なるほど、エドワードを警戒するのではなく、見つけ出す気か……」

「はいおっしゃる通りです……もしもランドルフのもとに共謀を目論むエドワードが居るのならば、彼にディラン様に剣を突きつけた罪や、私を貶《おとし》めていた罪を問えます」

「エドワードも頼みの綱であるランドルフを説得されないよう、その場に同席する可能性が高いな」

「はい、これが……私の提案です」

ランドルフに別れを告げに向かい、彼と共謀を目論むエドワードを断罪する。

もしも抵抗してエドワードが剣を抜いたなら好都合、王城ならば罪の言い逃れはできない。

そうして二つの目的を同時に達成できる可能性が高いなら、怯えて隠れている場合ではない。

「流石だな、ティーナ。確かにそれならば……君の目的と、エドワードへの始末を同時にできる」

称賛の言葉をくれたディラン様に、私は問いかけた。

「エドワードは危険です。なので、どうかディラン様の力をもう一度お貸しください」

「当たり前だ。一人で行かせるはずがない」

呟きの後、ディラン様は私の手を再び握る。

そのまま胸に手を当てる姿は、まるで騎士として忠義を尽くす仕草のようだ。

「君の身に傷をつけさせないと、約束しよう」

ディラン様の約束ほどに心強いものはない。

私に戦う力と、抗う術《すべ》をくれたのだ。

「お願いします、ディラン様」

思わず緩んだ頬と共に、信頼するディラン様へ礼を告げる。

もう私の心にはエドワードへと抱いていた恐怖は消えて、安心感が溢れていた。

話し合いの後、すぐに王都へ向かう準備を始める。

ディラン様は帰還して早々の出立となり、迷惑をかけてしまった。

だけどこれで最後だ。

賢人会議が終わり、ランドルフは私を廃妃にした責任を負うのは決まった。

もう……彼の心中に以前までの「役立たず」という評価は残ってはいないだろう。

私が妃《きさき》として彼を支えてきた日々は無駄ではないと理解してくれたはずだ。

あとはもう、私を再び求める彼に別れを伝えて、この復讐を完遂しよう。

第七章　さよならを告げに

ドグさんに準備を急いでしてもらった後、ディラン様と共に王都へと向かう。

王城に粗末な服で向かう訳にはいかないため、久しぶりにドレスに袖を通した。

なめらかな肌触りと身体が締まる感覚に、側妃時代の緊張感が身を包んだ。

辺境伯領から馬を二度換えて到着した久々の王城前は、記憶と違って閑散としている。

「――貴方様は」

城の門前まで向かえば、見知った顔の衛兵が立っており、私の顔を見て驚いた様子だった。

いつもは微笑みかけ、労いの言葉をかけていた相手だけれど、今だけは違う。

「国王陛下に、お目通りを」

冷たくも思える程の声を出せば、彼はハッと息を呑み、私達を通してくれた。

その前に数人の衛兵が城内に入っていったので、私たちが来たことはすぐに伝わるだろう。

王城の中を進んでいくと、窓枠には埃が目立ち、使用人が減った事がよく分かる。

衛兵も明らかに減っており、わずかな顔ぶれが私を驚きの様子で見ていていた。

「クリスティーナ様!?」

「あぁ……ご無事で……」

すれ違った使用人や衛兵達に声をかけられながらも、今は目的のために突き進む。

ランドルフと会うと分かっているのに緊張しないのは、ディラン様が隣にいてくれるからだろう。

彼が居れば、自然と安心感が生まれ、前に進む勇気を貰える。

そうして、私は誰にも邪魔されることのないまま、玉座の間の前までやってきた。

「行くか」

ディラン様に問いかけられ、「はい」と頷く。

彼が重々しい両開きの扉を開く、私は胸を張ってその先へ足を進めた。

「――クリスティーナ……!」

衛兵が伝えてくれていたのだろう、ランドルフは玉座の間で私を待っていた。

もう二度と聞くことはないと思っていた彼が、感極まったように私の名を呼ぶ。

いつも鮮やかに整えられていた金色の髪は酷く乱れており表情はやつれていたが、ランドルフは私を見た途端に嬉々として立ちあがった。それを手で制する。

「止まりなさい、ランドルフ」

「っ⁉　どうしてだ……クリスティーナ」

彼は私の言葉に、目を見開いた。

なぜ驚いているの？

あれだけ酷い仕打ちをしておきながら、拒否されないとでも思っていたの？

そんな訳があるはずないのに。

弱々しく媚びた笑みを浮かべる様は、別れ際の傲慢な姿とは別人のようだ。

「今日は貴方に報告があって参りました。再会をするために来た訳ではありません」

「ほ、報告？　そんなことはいい。まずは二人で話そう。辺境伯領から来て疲れただろう？　俺はお前が尽くしてくれていた事実を知ったのだ……色々と話してお互いの仲を見直したい」

辺境伯領から来た、とランドルフの言葉にディラン様が反応したのが見えた。

そのことを知っているのは、私の両親かエドワードだけ。

そのどちらかがランドルフに私の居場所を伝えたのは間違いないだろう。

周囲にはエドワードの姿は見えないが、警戒をしつつ話を続ける。

「残念ですが、私は貴方と話し合うためでなく……別れを告げに来たのです」

言い放った言葉に、ランドルフは明らかに慌てた表情になる。

「ま、待て。待て！　……それはどういう意味だ⁉」

「俺とクリスティーナは婚約を結んでいる」

以前同様に偽の婚約を告げると、ランドルフは分かりやすく顔を怒りに染めた。

認められないと、身勝手にもその瞳が語っていた。

「クリスティーナ、落ち着いて俺の話を聞け！　考えを改めてほしい！　俺は君をまた――」

「聞きません。私は貴方のもとへ戻る気はないと伝えに来ただけですから」

「違う、待ってくれ！　俺は今度こそ君を愛したいと思い直したんだ。お前も俺に対する気持ちは残っているのだろう？　意地にならずに戻ってきてくれ！」

「意地？　ランドルフは私が意地を張っているように見えるの？」

「事実だろう⁉　お前が俺を諦めて、別の男を愛するなんてあり得るはずがない！」

「なぜ……そう言い切れるの？」

「俺は知ったんだ！　お前があれほどに俺を愛してくれたと証明する数々の献身を！」

呆れてしまう……どうやらこの人は何も分かっていない。

その献身をゴミ同然に扱っておいて、今もその気持ちが残っていると本気で思っているのだ。

しかし、これはある意味で望む結果かもしれない。

ランドルフは私を手放した事を後悔し、戻って来てほしいと懇願している。

これで、ようやく、私が彼を捨てるという構図が手に入った。

私を「役立たず」と下していた彼の評価を、目的通りに覆《くつがえ》せたのだ。

「クリスティーナ、俺にはお前が必要だ。他の男と結婚なんて嫌だ！　もう一度戻ってきてほしい……今度こそ愛すると誓う、戻ってきてくれ！」

縋《すが》りつくように膝を折り、こちらに媚びた目線を向ける姿に、もはや何も思わない。

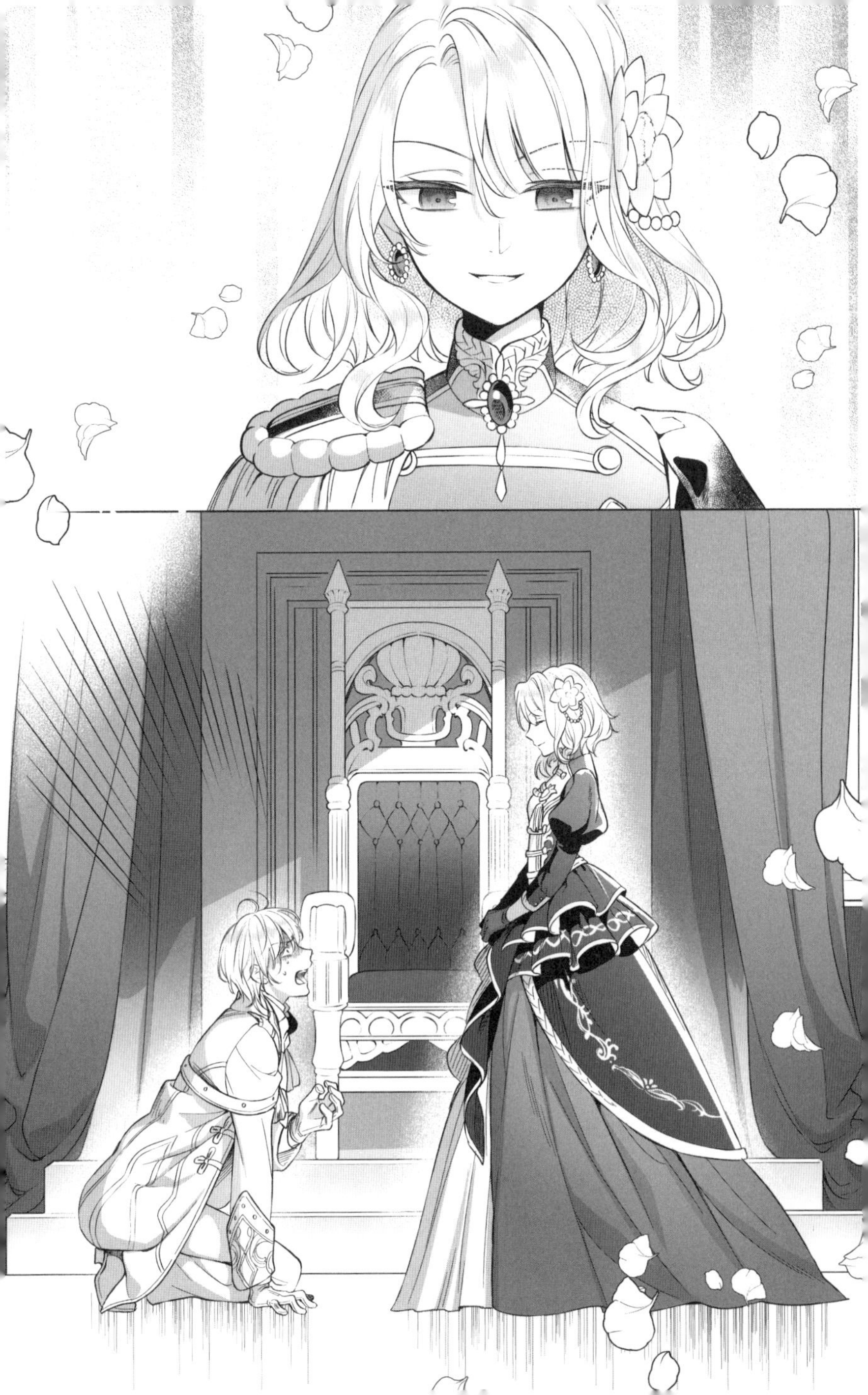

「そうだ、お前の願いをなんでも聞く。欲しいものもなんでもやる、行きたい所もどこでも連れていってやる。俺が王となり、お前が正妃として支えてくれれば、俺達は幸せになれるはずだろ!?」

「あら、なんでもお願いを聞いてくれるの？」

ふとそう言うと、ランドルフはパッと顔を輝かせた。

「っ!! あぁ！ 俺がお前を愛していると証明してみせる！」

「なら、もう二度と私と関わらないでください。私はもう貴方が居なくても幸せですから」

微笑みながらそう告げると、彼は苦悶の表情を浮かべて必死に首を横に振った。

まるで駄々っ子のような仕草だが、大人がすればみっともない姿にしか見えない。

「だ、駄目だ！ それだけはだめだ！ そうじゃない、お願いだ、戻ってこいクリスティーナ！」

私はすでに目的を終え、ランドルフに会うつもりは今後一切ない。

それに今の情けない彼には……欠片《かけら》も恋情を抱けない。

「もういい」

ジッと耐えてくれていたディラン様がランドルフを睨んだ。

そして私とランドルフの間に立ち、その腕で抱きしめてくれる。

婚約関係を見せる演技だろうけど、暖かくてほっとした。その姿にランドルフがいきり立つ。

「ク、クリスティーナを離せ！」

「黙れ……貴様のようなみっともない愚王にティーナが振り向くはずもない」

とげとげしい言葉を使うのは、ディラン様も苛立ちを抑えられないからだろう。

辺境伯として忠義を誓っていたはずの国王がこれでは、その怒りは当然だ。

「今後……俺のティーナとの接触は許可しない」

ディラン様の言葉に、ランドルフはまだ懇願を続ける。

「嫌だ！　せめてクリスティーナと二人で話す機会をくれ！」

「無理だ」

ディラン様は即答し、私を抱き寄せる手の力を強めた。

絶対に渡さないという意志を感じて、少し嬉しさすら感じる。

「……い、いいのか？　辺境伯の婚約者が元側妃など受け入れられるのか？」

チクリと心が痛むのは、彼は嫌なことを突いてきたからだ。

私自身が聞きたくなかったことであり、無意識に避けていたこと……

私は、一度ランドルフを愛した身だ。その事実を変えることはできない。

『貴族は純潔を重んじる』……父に言われた言葉を思い出し、俯いてしまう。

しかし、そんな私の髪をディラン様は優しく撫でてくれた。

「どうでもいい」

「はっ……は？」

「どうでもいいことだ、ランドルフ」

ディラン様の瞳は、怒りに染まっていた。

「俺が理不尽に彼女を嫌っても、彼女は常に真正面から俺に向かってくれた。そんな彼女に……お前との過去を気にする意味もない程、強く惹かれている」

演技のはずなのに……嬉しくて仕方がない。

鼓動がバクバクと鳴って、頬が熱くなってしまう。

「ティーナは俺の妻にする。何を言われても変わらん」

「……っ」

抱きしめる力が強まり、私とディラン様の身が密着する。

見せつけるような行為に、ランドルフはわなわなと身体を震わせて膝から崩れ落ちた。

「クリスティーナ、聞いてくれ、俺は騙されていたんだ。マーガレットやエドワードに……」

「そう……でも、もう関係ないわ。私が廃妃になったのは変えられないもの」

「ま、待ってくれ！　俺は被害者でもあるんだ！　エドワードはお前を手に入れるために俺に間違った報告をさせていた。嵌《は》められたんだ……廃妃にまで追い詰めたのは奴だ！」

「そうであろうと、貴方が私を虐《しいた》げた事実は変わらない。私を見ようともせずに廃妃にしたのは貴方自身の選択です。――ディラン様は、きちんと私を見てくれました」

「あ……あぁぁ……違うんだ。俺が間違っているのは分かってる。でも、もう君しかいないんだ」

ランドルフが情けなく涙を流す姿に、かつての魅力は消え去っている。

ずっと頭を下げ、ひたすら戻ってきてほしいと彼は言葉を吐き続けた。

もう一度愛するなんて言っているが、そんなことは望んでいない。

そして彼は、私が本当に望む言葉を……まだ一言もくれていない。

「私が貴方へ抱いた恋情は、廃妃にされた日に捨てました。もう二度と私に関わらないで……」

「行こう、ティーナ」

ディラン様が手を握ってくれて、共に歩き出す。

そんな事すら、今は胸を満たすほどに嬉しい。

「ま、待ってくれ！　せ、せめて賢人会議での結果をお前が変えてくれないか⁉」

背中に聞こえる声を無視して、ひたすら前を歩く。

ランドルフの願いなど聞くはずもない、もう私が彼のために動くことはないのだから。

「お願いだぁ、お願いだから……俺が王でいられるように口添えだけでもしてくれ！　お願いだ！

クリスティーナァァ！！！！」

もう声だって聞きたくないし、顔も見たくない。

ランドルフには、心からうんざりしている。

私が彼に望んでいたのは、愛してもらう事じゃない、傍に居てほしかった訳でもない。

たった一言だけでもいい。

私を役立たずと下した評価を改めて、今までの謝罪をしてほしかった。『すまなかった』と……

たった一言の謝罪だけでも貴方から聞きたかった。

今まで支えていた事を認めてくれたなら、救う事も考えたかもしれない。

だが、その想いはもう消えた。

貴方が謝罪もなく、ただ縋《すが》るだけなら……もう会話する価値もない。

「頼む!!　戻ってきてくれ！　俺が王となってお前を愛するから……また支えてくれ！」

「そんな愛は必要ありません。貴方は私の気持ちを少しも分かってくれていないのだから」

「っ……!?」

「さよなら、もう会いたくもない」

ランドルフを無視したまま王座の間を出ようと突き進む。

しかし、そこでランドルフが再び叫んだ。

「エ、エドワード！　クリスティーナを止めろ！」

その名前が響いた瞬間、ディラン様が私の肩を掴んで引き寄せる。

考えていた通りに、エドワードはランドルフと共謀していたようだ。

「クリスティーナを取り戻す条件で俺を騙した罪を許してやったはずだ！　お前がどうにかしろ！」

「分かっていますよ、陛下。だからもう黙っていてください」

ランドルフのけたたましい叫びに答えるように、エドワードが柱の影から姿を現す。

その手には、玉座の間には相応しくない剣が握られていた。

「陛下、約束を忘れないでくださいね。クリスティーナ様を取り戻した際には、俺を護衛騎士としてクリスティーナ様の傍に居させてください。彼女に何をするのかも口出し厳禁です」

「わ、分かっている！　王家のためにも、俺のもとへ彼女を戻せ！」

エドワードとランドルフの一連のやり取りに、彼らが手を結んだ思惑が読み取れた。

そしてエドワードは私の予想通りに動き、ランドルフは王家の存続のために……自身を騙していたはずの人間を許してまで、私を取り戻す気だったようだ。

そんな状況だが、こちらの思い描いた通りの展開のおかげか不思議と緊張はなかった。

「エドワード、やはりここに居たのですね」

「っ!?」

こちらが平然としている様子に、エドワードは戸惑いを見せる。

「やはり？　なにを言って」

「私がランドルフに別れを告げに来たのは……エドワード、貴方を探す手間をなくすためですよ」

「こ、これが……貴方の予想通りだと？」

「ええ、ランドルフが居場所まで明かしてくれて助かりましたよ」

こちらが余裕の笑みを浮かべれば、エドワードは怒りの矛先を変えるようにランドルフを睨んだ。

「陛下、貴方は最後まで……クリスティーナ様の美しさを汚す愚行を犯すのですね！」

でたらめな逆恨みだけど、彼の言葉には納得できない。

「エドワード、私を汚したのは、他でもない貴方よ。私を貶《おとし》めて許されると思っているの？　辺境伯様に剣を向けた罪も合わせて、貴方には罪を償ってもらう」

「お、俺が貴方を貶《おとし》めた？　違う！　違う！　俺はむしろ、貴方のためにここまでしてきたのに！」

叫びながら、エドワードは剣先をディラン様へと向けた。

「俺は……貴方の価値を高めたいのです！　どうして分かってくれないのですか……クリスティーナ様！　辺境伯の傍に居ては駄目です……もしも辺境伯を選ぶなら、俺が殺してでも止める！」

彼が私に執着をしていることは理解した。でも彼の言っている意味は一切理解できない。

思わず眉を潜めて反論しようとした時、ディラン様が手で制した。

「ティーナはこれと話すな、待っていてくれ」

エドワードに剣先を向けられてはいるが、ディラン様は口元を薄く緩める。

ディラン様は素手であり、とても危険な状況なのにすごく落ち着いている。

むしろ嬉しそうに見えたが、その理由は彼の言葉で分かった。

「探す手間が省けたぞ、エドワード」

ディラン様の視線は、背筋が震えるほどに鋭い。

その言葉に含まれた怒気は、今まで感じた事がない程に荒々しかった。

「エドワード……お前は自身の欲のためだけに彼女を傷つけた。その報いを受けろ」

「違う！　違う！　黙れぇ！！！　全てはクリスティーナ様のためだったんだ！」

向き合う二人は、一切のためらいもなくお互いの距離を詰めていく。

エドワードの開き切った瞳孔が、ギョロギョロと私とディラン様を交互に見つめていた。

「クリスティーナ様、お願いだから行かないでください。貴方のために俺がどれだけ努力してきたか分かってほしい！　貴方のすみずみまで愛して、貴方のために手を汚していたのです！」

「エドワード……私はもうディラン様の妻です。この気持ちが揺らぐ事はないわ」

「そんなの関係ない！　俺は、貴方の美しさや気品が見知らぬ誰かに奪われるのは許せない」

あまりに身勝手な主張だ。理解できるはずもない……その考えに共感もできない。

エドワードは荒い息を吐き、剣を強く握り締めながら私を見つめてくる。

「クリスティーナ様、行かないでください。俺はもっと美しくなる貴方を知りたいんだ！」

そう叫ぶ姿は、過去の優しかった頃を打ち消すように、醜悪な表情になっていた。

「俺は……貴方が誰かの手に渡るのが嫌だ。その美しさ、優しさを高めるために一人でいてほしいのです。だから俺は！　陛下に貴方の悪評を吹き込み孤立させた。一人ぼっちとなった貴方は他の女性では替えがきかないほど、ずっと、ずっと美しく優しかったのに！」

「黙れ」

エドワードの声を遮り、ディラン様が呟いた。

「誰かと共に居ればティーナが美しくなくなる？　違う。誰と共に居ようと自らを失わず、たゆまぬ努力を進めてきた精神こそ彼女が持つ美しさだ！」

「貴様はなにも分かっていない！　辺境伯！　クリスティーナ様は孤独に嘆き悲しむ様子こそが美しいんだ！　毎夜……陛下を想って一人で泣いていた儚い姿を、お前は見た事はあるのか⁉」

側妃時代、ランドルフに虐《しいた》げられていた日々に涙を流した夜はあった。

だけど、それをエドワードが見ていたと知って、背筋が凍りつく。

「あの美しさは、まさに至極のものだった。暗闇の中でしか光が輝かないのと同じように、クリスティーナ様の美麗な姿は、孤独な時にこそ強く現れる！」

「エドワード、貴様の理解できない思想は聞き飽きた。さっさとこい」

ディラン様の表情は激情に駆られているが、この状況でも私を見つめる視線は優しくて安心できた。

そして、挑発するような発言にエドワードがギロリと鋭い瞳を向ける。

「っ……ライオネス辺境伯……お前は、お前だけはここで殺す……！」

呟いたエドワードが、ディラン様に向けて駆け出し、剣を振り上げたが――

寸前の所で剣は避けられる。

「なっ⁉」

剣を避けきったディラン様は、拳をエドワードの頬へと叩きつけた。

常人ならあっけなく気絶する勢いだ。

しかしエドワードは大きくのけぞって鼻血を流しながらも、瞼を大きく開いて不敵に笑う。

まだ終わってない……

そう思った瞬間に、再びエドワードが剣先を振るった……かに思われた。

「っ⁉」

「死地で笑う暇があると思っているのか？」

「ぐっ……おぇ」

ディラン様がエドワードの顔面へと前蹴りを放ったのだ。

その勢いが消えぬうちに、追撃を繰り出していく。

あまりの衝撃にエドワードといえど剣を離し、膝をついて荒い息を吐いた。

ディラン様は素手のままだ。だが実力差は以前と変わらずにハッキリしている。

さらに彼はエドワードの腕を掴み上げ、一切のためらいもなく可動域とは逆方向へと押し曲げた。

「あぁぁぁぁぁぁ！！！！」

悲鳴を上げ、必死に腕を押さえるエドワード。

彼の顔が痛みで青ざめ、身体が震える。

だがディラン様は表情一つ変えず、エドワードが落とした剣を拾って突きつけた。

「最後に問う……ティーナを諦められるか？」

問いかけられてもなお、エドワードは折れた腕で身体をひねり、床を這いながら私へと近づいた。

「クリスティーナ様……こ、婚約を取り消してください……貴方は誰かに独占されるべき……では」

「それが答えか」

「クリスティーナ様ぁ！！！」

「辺境伯の俺に剣を向けた罪、ティーナを貶《おとし》めた罪。その重罪をここで償ってもらう」

ディラン様はエドワードから奪った剣を振るい、エドワードの目元を薙《な》いだ。

振るわれた剣の勢いと共に、赤い液体が地面へと広がる。

エドワードの顔が大きく歪み、その瞳は私を二度と映さぬものとなった。

「え……ク、クリスティーナ様、どこですか？　嘘だ、そんな……貴方が見えない！　どこにいるのですか！　貴方の美しい姿が見えない!?　なにも見えない！」

エドワードは最後まで私の名を叫び続け、見えぬ視界で必死に叫ぶ。

その光景を、私は視線を逸らさずに見届けた。

「クリスティーナ様？　どこですか？　あ……貴方を、貴方を見られないなんて！　そんな！」

どうすべきだったか、完全な正解なんて分からない。……けれど、切られた痛みも気にせず叫ぶエドワードの執着は、牢に閉じこめても抑えられるものではない。

だからディラン様が私を追う力を奪ったのだろう。これが最善だと私も思う。

「ディラン様……辛い事をさせてしまい。申し訳ありません」

「気にするな……帰ろう」

ギュッと強く握られた手、この手を私は二度と離さない。

ディラン様が背負ってくれた覚悟を蔑《ないがし》ろにできない。

そう思って力を込めて握り返すと、彼は微笑みながら同じ力で握り返してくれた。

「ランドルフ。王座の間で剣を抜いたエドワードへの処罰に……文句はないな？」

ディラン様が問いかけた言葉。

ランドルフは目の前で起きた光景に身体を震わせ、怯えた瞳のまま頭を縦に振る。

「クリスティーナ様！　どこですか！　あ、貴方の美しさがなければ、俺は……俺はぁぁ‼」

嘆くようなエドワードの叫びを最後に、私とディラン様は王座の間を後にした。

全てを切り捨て、本当の意味での自由を手にしたのだ。


王宮を出れば、外には大勢の使用人や衛兵が待っていた。

「クリスティーナ様、お帰りになられるのですか⁉」

「……私達はクリスティーナ様の傍で働きたいのです！」

期待の瞳を向ける彼らに困惑していると、ディラン様が大きな声を上げた。

「皆、辺境伯領にいつでも来るといい」

ディラン様の言葉に一瞬皆が視線を合わせる。『首切り辺境伯』の噂のせいだろう。

戸惑った様子の皆に大丈夫だと伝えるように微笑むと、ワッと歓声が上がった。

それにしても、ディラン様はしたたかだ。

辺境伯領は噂のせいでずっと人手不足だった。王宮勤めの者たちがこれだけ来てくれれば、非常に助かるだろう。実は……ここまで考えていたのかもしれない。

歓声を浴びながら歩いていると、ディラン様がポツリと呟いた。

「ティーナ……これで全て終わったな」

「はい。私の目的は終わって、これからは自由です」

「そうか、なら改めて答えを聞かせてほしい」

「……え？」

そう呟く彼は、馬車に私を乗せて扉を閉める。

馬車が走り出して周囲の視線がなくなった瞬間、ディラン様に肩を掴まれた。

「ティーナ」

深紅の瞳が薄暗い車内で私だけを見つめている。

いつもと違い、その瞳には熱がこもっていた。

「婚約関係は偽りのものだったかもしれないが、俺が君へ抱く気持ちに偽りなどない」

「っ……」

「君の傍にはずっと俺が居たい。友人でなく……別の関係で」

揺れる馬車の中で吐露されるディラン様の言葉。

優しげな瞳には私だけを映して、いつも以上に赤く染まった頬で私を見つめ続ける。

「俺に、君の隣に立つ資格があるか？」

ディラン様の大きな鼓動が聞こえてくる。

熱のこもった視線が答えを求めるように見つめ続ける中、私は口を開いた。

「言ってほしいですか？　ディラン様」

焦らすように問いかければ、彼は唇を噛み……耐え切れないように頷く。

「……言ってほしい。ティーナ」

「分かっているのではないですか？」

「君は……意地悪だな」

「ふふ」

頬を赤くした彼が、こちらをじっと見つめながら私の言葉を待っている。

その姿がどこか尻尾を振って待っている犬のようで、最初に会った頃の恐怖は微塵も感じられない。

むしろ、可愛らしくて抱きしめたくなるような愛しさすら感じる。

これ以上は待たせるのは酷だろう。

彼の首元に手を伸ばし、耳元で囁いた。

「私も……隣に貴方が居てほしいと思っております。ディラン様」

「っ……嬉しい」

その言葉を皮切りに彼は嬉しそうに頬を緩めた。

ドクドクと高鳴る鼓動がお互いから聞こえてきて、車内で聞こえるのはお互いの息遣いだけ。

妙な緊張感の中で、彼が先に沈黙を破った。

「好きだ、前に伝えた通り……君に強く惹かれている」

「嬉しいです。私も同じ気持ちですよ」

「そうか。なら……もう我慢しなくていいな」

なにを我慢していたのだろうと思えば、ディラン様は意を決したように私の手をギュッと握った。

そして彼は私を自身の膝に座らせて、後ろから抱きしめてくる。

「あの……は……恥ずかしいのですが……」

「嫌か？」

「そうではないですが、急だったので……」

「ずっと、君にこうして想いを伝え合えるのを楽しみにしていた」

私を抱きしめる彼の声色は、今までにないほどに明るい。

少し前では考えられなかった素振りが妙に面白くて、思わず笑ってしまう。

「ふ……ふふふ。楽しみにしてくれていたのですか？」

「当たり前だ」

そっぽを向きつつ、素直な気持ちを吐き出す彼の頭へと手を伸ばし、ゆっくりと撫でる。

「待っていてくれてありがとうございます。ディラン様」

「ディランでいい。堅苦しい口調もいらん……ティーナだけは特別だ」

「分かりました、ディラン」

彼の名を呼べば、いっそう抱きしめる力が強くなる。

分かりやすく喜んでいるのが伝わってきた。

「そんなに強く抱きしめなくても、もうどこにも行きませんよ」

「あぁ……だが、ずっとこうしていたい」

彼は私の手を握りしめて指を絡ませた。

「辺境伯領に帰ったら……またティーナの焼いたイモが食べたい」

「いいですよ。でも、また働いてもらいますからね！　転ばないようにしてくださいね」

「……あれは忘れろ」

「嫌です」

ツンと澄まして言えば、ディランは恥ずかしそうに唇を尖らせていた。

照れる姿は相変わらずだ。

「ディラン、帰りましょうか」

「あぁ……そうだな、ティーナ」

そこには、かつて屋敷で会話すら許されていなかった私達の主従関係はない。

私達は過去を切り捨て、幸せへと進み出した。

後悔・五　(ランドルフside)

病室で横たわる父上へと、先程クリスティーナと会った報告をする。

彼女には、俺の言葉などもはや微塵も届いていなかったということを伝えた。

「それは……本当か？」

「は……はい」

「なんてことだ……我らが王家の望みは潰《つい》えたのか？」

父上の言葉通り、唯一の希望だったクリスティーナの帰還は叶わなかった。

我ら王家の道は断たれたと言っていい。

エドワードに至っては、辺境伯の手によって失明してしまった。

元は俺を騙していた彼女だが、恐ろしいほどの執念を語り、クリスティーナを取り返すと豪語していたからこそ、罪を許して協力関係を結んだが……

もはや彼は、騎士としての再起が叶う力すら残っていない。

そんな惨劇を聞いた父上は、身体を震わせて再度尋ねる。

「本当に……クリスティーナは辺境伯と結婚すると決めたのか？」

問いかけられた言葉に頷くしかない。

「はい、もう王家に戻る気はなく、辺境伯と共に過ごすと言っておりました」

「……なんて事だ」

病床に伏している父上にこのような末路を報告する罪悪感が心を満たす。

国王として、俺はあまりにも不甲斐ない。

「お前は、もう退位の準備を始めておけ……」

父上が漏らした言葉からは、もう俺に期待をしていない事が分かる。

諦めにも近いため息が、俺が国王としてこの国を治めていく道が絶えた事を示していた。

――これから、どう生きていけばいいのだ。

クリスティーナに見捨てられ、父上にも見捨てられた今、俺に残されたものは一つもなかった。

「し、失礼します！」

父上の寝室へ、医者が慌てた様子でやって来た。

咎めようとしたが、医者の驚いた表情にただ事ではないと理解した。

「何があった？」

「し、至急……お伝えしたいことがあります……」

「話せ」

医者がもたらした報告は、信じられないものであった。

とうてい、有り得るはずがない……

しかし怯えている医者の表情は、とてもウソを吐いているようには見えなかった。

「その話。内密にせよ……決して漏らすな」

医者に口止めをしつつ、話した内容が真実であるのかを確かめに向かった。

◇◇◇

暗い医療室へと入り、エドワードが運ばれた病床へと近づく。

「っ!?」

しかし、エドワードはそこに眠っていなかった。

折れた腕に目に巻かれた包帯と、身体は傷だらけだが、エドワードはまるで何事もなかったように平然と立っている。

なにより驚くのは、目を切り裂かれたはずの彼が、目が見えているかのように窓の外を見つめていることだ。

「エ……エドワード……?」

「クリスティーナ様……クリスティーナ様。貴方は月だ。誰にも分け隔てなく光を与え……上を見上げれば皆がその優しさを感じられる。夜の中にたった一つ浮かぶ光の美しさそのもの」

俺の言葉は聞こえていない。

エドワードは、まるで目の前にクリスティーナが居るように、ブツブツと呟いていた。

「月が誰かの者になってはいけない、その美しさは皆が共有できる物でなくてはならない……孤独の中でこそ輝く優しさで、貴方は皆に愛される女性になれるはずだ。俺が貴方を導かねば……」

あまりに奇怪な様子に、恐怖で背筋が凍る。

エドワードはもう十分なほどに、クリスティーナに手は届かぬと思い知らされたはず。

なのに、巻かれた包帯を血が滲《にじ》ませながらも、彼女の名を呼び続けている。

まだ、諦めていないというのか？

「エドワード！　俺の言葉が聞こえているか⁉」

「せっかく俺が妃《きさき》から解放したのに……あの男が独占するなど……許せない、許せない！」

今のエドワードを突き動かすのは、禍々しく歪んだ執着心なのだろう。

絶えずクリスティーナの名を呟いた後、彼は突然口を閉じ、ぐるりと俺のほうを向いた。

「……ランドルフ陛下。クリスティーナ様を取り戻しましょう」

「っ⁉」

窓から差し込む月の光が雲に隠れ、部屋が漆黒に染まる中、エドワードが歪んだ笑みを浮かべる。

「音が聞こえれば……まだ剣は振るえる。刃をあの男の肉に突き刺すこともできる」

「エドワード……なにを考えている……」

「クリスティーナ様を取り戻します。そして、あの憎き男を殺しましょう」

エドワードの言葉を、聞いてはならないと身体が拒絶して震えた。

聞けば、彼は逃げる事を許してくれないと……直感でそう感じたのだ。

逃げて、すぐに衛兵達を呼んでエドワードを捕らえさせなくては。

そう警鐘が鳴り響くが……震える足では逃げることもできなかった。

「ランドルフ陛下」

――駄目だ。

――聞いては駄目だ、こいつの執着は……異常だ。

「クリスティーナ様を取り戻しましょう。どんな犠牲を払ってでも……」

まるで蛇に巻き取られたかのように、俺はエドワードの執着心に呑まれていた。

◇◇◇

クリスティーナと最後に王宮で話してから二か月が経った。

賢人会議で定められた退位までの期日は残り一か月を切っている。ルイードを筆頭に、粛々と書類の検討や私財の分配、領地についてなどの割り振りが進んでいる。

もはやそれに抵抗する気もなく、俺は王座に座り、力なく項垂れていた。

エドワードはあの日、不穏な言葉を吐いた後、準備を整えると言って俺を病室から追い出した。

それから音沙汰はないが、時が過ぎていくうちに彼が訪れるのを待つ俺がいる。

「情けない……」

本来ならば、エドワードを止めるべきはずだ。

しかし、彼の執着心に呑まれた邪《よこしま》な希望を抱いてしまったのだ。

本当にクリスティーナを取り戻すことができるなら……邪魔な辺境伯を消すことができるのならと。

「クリスティーナ、すまない……俺は何があっても君に戻ってきてほしいんだ」

愛してくれると思っていた彼女は辺境伯のもとにおり、手も出せない。

今更になって恋焦がれた彼女は、触れることも許されないのだ。

いくら手を握りたいと願っても、この想いが叶わない虚しさが、彼女を余計強く求めさせる。

「……これでは捨てられたのは俺ではないか。失って……みっともなく求めるなど……」

虚しく呟いた言葉が、誰も居ない王座の間で響いた。

もはや、大臣のルイードも退位の準備で各地を回っているために王宮にはいない。

使用人や衛兵は、多くが辞職して姿を消した。

なのに俺は滑稽なことに、いまだに王座に座り続けている。

そんな情けない状況の中、声が聞こえた。

「ランドルフ、ここに居たのか」

「っ……父上」

「諦めるのは……まだ早いぞ」

「な、何をしようと言うのですか⁉　もはや俺達ができることなど……」

思わず躊躇《ためら》いの言葉を吐けば、突然誰かに胸元が掴み上げられた。

首が締め上げられるのにぎょっとして横を見ると、いつの間にかそこにはエドワードが居た。

瞼に包帯を巻きつけた彼が、俺の胸元を掴みながら叫ぶ。

「いいから俺と貴様の父に協力しろ！　考える必要はない。お前は突っ立っているだけでいい」

「な……なにを……？」

「俺があの辺境伯を殺し、クリスティーナ様を孤独に戻す」

エドワードは俺の反応につまらなそうに鼻を鳴らすと、手を離した。

どさりと床にしりもちをつきながら、彼が何を言いたいのか探るように見上げる。

「あの辺境伯は殺す。誰もクリスティーナ様の近くには必要ない……」

一心不乱に喋るエドワードは以前よりも異常性が高まっていて、話が通じるように見えない。

慌てて立ち上がり、父上へと視線を向ける。

「な、何をするというのですか父上？」

「ランドルフ……エドワードと手を結び、最後まで足掻くぞ」

父上は一体、この狂ったエドワードと共に何をしようというのだ？

ここまで壊れ切った彼に、期待などできないはずだ。

戸惑っていると、父上は歪んだ笑みを浮かべ俺の両肩に手を置いた。

「……ランドルフ。王妃たるクリスティーナを、邪《よこしま》な陰謀で手に入れたライオネス辺境伯から取り戻すという大義を掲げ、我らは正義の名目で王国軍を向かわせるのだ」

あまりに現実離れした言葉に、俺は一瞬声を失った。

事実からあまりにかけ離れた理由で国軍を上げる？　そんな道理が通用するはずがない。

「そ、そんなこと、たとえクリスティーナを取り戻しても、貴族達が許容するはずがありません！」

「クリスティーナを取り戻しさえすれば、後から理由などいくらでも作り出せる。それに彼女を妃《きさき》に迎えれば、貴族も迂闊に手は出せん。彼女にはそれだけの価値があるとお前も理解しただろう」

「ゆ、許されるはずが……」

「ためらっているのか？　ここまで王家を崩壊させたのはお前の責だぞ」

父上が口にした、俺を責める言葉に俯いてしまう。

言い返す言葉がない。

ここまでの強硬手段を父上にとらせたのは、他でもない俺自身の失態のせいだ。

だからせめて父を止めるために、計画が無謀だと諭す。

「父上、すでに我らには王権剝奪に先んじて、王国の正規軍を動かす権利を失っているのです！」

しかし父上は、俺の両肩を掴んで言葉を返した。

「案ずるな。兵の数は揃えた。囚人共に恩赦を与える条件で集めて五百……さらに儂が抱えている私兵三千も招集している。これだけ集まれば十分だ」

物騒な方法で数を集めたことを咎める事はできない……が、気になったのはその戦力だ。

合わせて三千五百……父上は本当に冷静か？

この頃、政務を行っていたことで辺境伯領の実力は十分目に入っていた。

今伝えられた人数は、辺境伯領の戦力に対して明らかに劣っている。練兵した辺境伯領の兵士たちを相手に、囚人共を含めた烏合の衆に何ができるというのだ。

「ごろつき共を含めた軍で……辺境伯を相手するというのですか？」

「あぁ。この数で辺境伯領を攻める」

「冷静になってください！　たったそれだけの数であの辺境伯領を相手にできるはずがない！」

「違うな、ランドルフ。相手が辺境伯だからこそ、この数で足りるのだ」

どういう事だ、父上は何を言っている。

俺が疑問を漏らす前に、父上は話を続けた。

「辺境伯の領地は隣国との国境線上にある。今は休戦状態とはいえ、二十五年前から隣国は常に我らの国へ攻め入る機会を窺《うかが》っているのだ。だから王家は辺境伯に万を超える軍を持つ権利を与え、隣国との国境線上を警戒させていた……そうだな？」

「そんな事は知っております！　だからこそ、三千程度では辺境伯軍の相手など不可能で……」

「言い換えれば、辺境伯は防衛以外に軍を割けないということだ」

「っ!?」

父上は俺の反応に、どこか嬉しそうに言葉を続ける。

まるでがんぜない子供に言いつけを聞かせるように、自らの考えを述べていくのだ。

「確かに辺境伯は万を超える軍を保有する。しかし、それは広大な隣国との国境線上を警戒するために各所に散っているのだ。辺境伯の傍には千も居ないだろう」

「しかし、我らの軍に気付いて招集されればひとたまりも……」

「だから……辺境伯はそれができないと言っている」

勝気な笑みを浮かべ、父上は「よく考えろ」と、俺の肩を叩いた。

「隣国とは今も小競り合いがあり、かの国はいつだって攻め入る機会を窺《うかが》っている。そんな状態で我らの軍を相手するために、国境の防衛拠点から兵を招集すればどうなる？」

父上の思惑に気付いた瞬間、サッと背筋が凍るような感覚が走った。

「もしも辺境伯が我らを相手するために、兵を招集すれば、隣国はその隙を逃さずに攻め入ってくるだろう。そうなれば、辺境伯領の民は大勢が犠牲になる」

「王家が辺境伯領の民を人質にして……辺境伯を攻め入ると言っているのですか？」

「言い方には気を付けろ。我らはあくまで、さらわれたクリスティーナの奪還という名目で軍を動かすのだ。今は虚偽の理由だが、彼女を奪還すれば真実だって捻じ曲げられる！」

頭に血が上る、こんな事が許されていいはずがない。

「あまりに人道に反しています！　辺境伯に守られている我らが剣を向けるなど!!」

「国の盾などもう関係ない。今は我が王家の存続が危ういのだぞ！」

最低で、下劣な策だ。

王家を含め、国を守ってきた辺境伯。それを支えてきた領民を人質にして攻め入るのだから。

これが……俺の尊敬していた父上の考えなのか？

いや、逆を言えば……俺が父上をここまで追い込んでしまったのだろう。

「……公爵家や、国教会の司教が黙っているとは思えません」

こんな下劣な策を止めるため、否定する言葉を出す。

しかし俺の浅はかな考えを、父上は意にも介さず受け流した。

「彼らとて兵を率《ひき》いるには時間が必要だ。それに兵を招集することは民の不安を煽ることにも繋がるため、そう簡単に手を出せん。手間取っている間に辺境伯を殺せばいい」

「っ……」

「それに、正義のために出陣した我らと違い、公爵共には王家に剣を向ける大義名分などないさ」

「たとえ、上手くいったとて……その後はどうするのですか！」

「言ったはずだ、クリスティーナさえ手に入れば後は都合の良い証言をさせるのだ。辺境伯を悪に仕立てる方法などいくらでもあるだろう！」

父上の策は、明らかに人命を軽視していた。

兵を率《ひき》いて無実な相手へと攻め入った後で、国王など名乗れるはずがない。

なんとしても止めなければならない、そう考えた俺の肩を父上が力強く掴んだ。

「ランドルフ、クリスティーナを取り戻すのだ。今度こそ彼女と愛し合う関係に戻れ。……時間はいくらでもかけて説得すればいいだろう」

駄目だ、そんな甘言に揺らいでは駄目なのに……思い浮かべてしまった。

再び王宮でクリスティーナと過ごす日々。俺を支えてくれる彼女の姿。

もう彼女は俺に一切の好意を抱いていないと分かっている、そんな未来はあり得ないのに――

それでも、可能性はゼロではないと思ってしまうのだ。

「ランドルフ、集めた軍の指揮を執るのはお前しかいない。これを受け取れ」

父上が手渡すのは、王家の人間が戦場へ赴く際に持つ宝剣だ。

軍の中で国王が誰なのか、一目で分かるように豪奢で派手な見た目をしている。

「クリスティーナを取り戻せ。ランドルフ」

駄目だ。駄目だ。

こんな最低で下劣な行為をして、国王だと胸を張って言えるはずがない。

なのに……俺の手は震えながら、その剣を受け取ってしまう。

クリスティーナがまた隣に立ってくれる……その可能性に賭けてしまったのだ。

「分かり……ました、父上」

俺は下劣で最低だ。それでも、自ら捨ててしまった君を……醜くも求めてしまう。

「よく受け取った。お前の選択は正しいぞ。ランドルフ」

父上は俺の背中を叩いて褒めてくれるが、胸を満たすのは吐きそうな程の罪悪感だった。

それでも俺はクリスティーナが戻るのならと、父上に小さく頷いた。

「しかし、父上……なぜ、エドワードと手を結ぶのですか？」

今も「クリスティーナ様」と呟き続けているエドワードを見て、父上に問いかける。

彼女にこれだけ執着心を持つ彼だ、彼女を取り戻せば俺達にさえ剣を向ける可能性が高い。以前と違い、話し合って妥協点を見つけられるような冷静さは、もう彼には残っていない。

そう思って問いかけた疑問に、父上は耳打ちで答えてくれた。

「奴は利用するだけだ。辺境伯を殺した後……最後は我らが奴の背を刺す」

父上は本気だ。王家の存続のために、全てを利用する気なのだろう。

俺も自分の下した決断に覚悟を決め、震える手で渡された剣を握り締めた。

「ランドルフ、任せるとは言ったが、そう気負わずともよい。すでに先陣を任せた男がいる」

「先陣？」

父上は「言ってなかったな」と呟いて語り出した。

「以前、クリスティーナの父、フィンブル伯爵家当主を敵に回すなと伝えただろう？」

確かに、父上は以前そのような事を漏らしていた。

「そういえば……フィンブル伯爵家のなにを恐れていたというのですか？」

「二十五年前、隣国との戦争が最も激しかった時、儂が下した作戦を知っているか？」

その言葉に頷く。知っているもなにも、それは父上が賢王と呼ばれた作戦だ。

二十五年前、隣国の軍がこの国へと攻め入った際、父上は前線で戦っていた軍を王都へ招集した。

当時は敗走を認める臆病者と言われた指揮、背を追われて多数の犠牲者が出ると言われた。

しかし、なぜか敵軍の進軍速度が落ちていき、前線の軍は無傷で王都へ戻ったのだ。

そして再編成された軍により、隣国を撃退することに成功した。

結果、父上の判断によって隣国の侵略は叶わず、関係は拮抗した休戦状態とする事に成功した。

この偉大な武勇は賢王の英断と呼ばれており、父上に憧れていた俺が知らぬはずはない。

しかし、当の父上は声を潜めて首を横に振った。

「あれは、儂の判断ではなかったのだ」

「え……」

「あの策は、クリスティーナの父であるアンドレアが提言したのだ。軍の補強を行う間、代わりに騎馬兵団を率《ひき》いて、十倍以上の戦力差がある隣国を止めてみせると。そして彼は見事に成功した」

それが本当であれば、一騎当千というにふさわしい偉業だ。

聞いていた逸話では、天が父上に味方したように語られていたが……

まさかフィンブル伯爵がそのようなことを成し遂げていたとは。

「な……ならば、なぜ誰もその偉業を知らぬのですか!?」

「その作戦を儂のものとする代わりに、奴が望む地位を与えたのだ」

「……それが、フィンブル伯爵家の始まりなのですね」

「あぁ……奴は忠義に厚い男だ。王家のためであれば命さえ投げ出してくれる。そんな彼がすでに辺境伯のもとへ向かう手筈を整えてくれている」

「し、しかしクリスティーナの父ならば、我らに従うはずが！」

父上はもったいぶるように首を横に振り、頬を緩ませた。

「分かるだろう？　クリスティーナを取り戻したいのは、我らだけでないのだぞ」

「っ⁉　クリスティーナの父が、辺境伯から彼女を取り戻そうと……？」

「その通り。奴には儂の計画を伝え……全ての準備を整えると約束までしてくれた」

「こんな非道を……クリスティーナの父が？」

「我ら王家はなにを犠牲にしてでも彼女を取り戻すと伝えれば、彼も賛同してくれたよ」

父上はニヤリと笑み浮かべて、愉悦を含んだ呟きを漏らす。

これから我らが向かう道は、非道に手を染めて王家を存続させる選択だ。

だが父上の言葉を聞いて……もう止める事はできない事を悟った。

「あの辺境伯を殺すのは俺だ……誰も手出しさせない」

ずっと上の空だったエドワードも、ためらいなく殺意を口にする。

この場にいる者は、皆がクリスティーナを取り戻すために手を汚す覚悟を決めている。

俺は……本当にこれでいいのか？

そんな疑問を振り払い、光り輝く剣を握った。

迷うな、俺もクリスティーナを取り戻すためにこの選択を選んだはずだ。

もう覚悟は決めた……彼女は絶対に、俺が取り戻す。

（アンドレア side）


曇天の空を見て思い出すのは、あの激しい戦場へ向かった日だ。

あの時も、こんな空だった。

私の元に集まる騎兵団と、久々に身に付けた白銀の鎧を見つめる。

光り輝く鎧は当時と変わらない。

しかし重々しく感じるのは、歳によって身体が衰えているせいもあるだろう。

「全員、集まりました。辺境伯領までの兵站《へいたん》も十分に整えました」

「うむ」

集まった騎兵の数は三百。

二十五年前の戦に比べれば心もとない人数だが、練兵を重ねたこの軍であれば十分のはずだ。

「私の娘に会いに……辺境伯領へ向かう！」

「はっ!!　フィンブル騎兵団！　出陣いたします!!」

私の号令と共に、雄叫びが響き、馬の蹄《ひづめ》が地面を揺らして走り出す。

地鳴りを響かせて向かう先は、娘がいる場所――ライオネス辺境伯領だ。

辺境伯領までは、騎馬を走らせて三日ほどの距離。

私は、そこで待つ娘の顔を思い浮かべてわずかに笑った。

娘を話したあの日、ようやく分かったのだ。

私がこの剣を振るうのは誰のためか、そんな事は昔から決まっていたではないか。

走り出す馬に揺られながら、私は覚悟と共に剣の柄を握り締めた。

第八章　もう奪わせない

最近は心の底から幸せだと思える日々を送れていると思う。

それは、いつだって隣に彼がいるからだ。

「さっきから何をニヤニヤしている」

ディランの声に思わず緩んでいた頬を押さえ、焼いたイモを手渡す。

「なんでもありません。こちらをどうぞ」

「ん、ありがとう」

想いを伝え合ってからのディランとの生活が大きく変わった訳ではない。

国王の退位という国家の大きな変化はあるが、その準備はルイード様が整えてくれている。

私は変わらずに辺境伯邸の使用人として仕事をこなし、今日も農場の手伝いを続けている。

彼も同様に、辺境伯としてこの国を護る仕事を務めていた。

なにか変わったといえば、彼が傍に居てくれることが増えたぐらいだろう。

それでも、以前よりも近くなった距離に安心する。

「幸せだな……私」

思わずこぼれた本音。

しかし……その幸せはわずかな時間だけであったことを思い知ることになる。

◇◇◇

「兵をすぐに集めろ！　辺境伯領の各地へ伝令を！」

今朝、所属不明の軍が辺境伯領へと進軍していると、領境の兵士から報告が入ったのだ。

その軍の目的は分からないが、ディランは警戒のために近くの練兵場から兵士を招集していた。

「ディラン！」

走り回る兵達の間を抜けながら彼の名を呼ぶと、こんな状況でも彼は私を抱きしめた。

「ティーナ、大丈夫だ」

私を心配させまいとする彼の言葉。

だけど、危機は今も辺境伯領へと迫っている。

なにか手伝える事はないか、問いかけようとした時だった。

一人の兵士が、血相を変えてディランへと駆け寄ってきた。

「辺境伯領に向かって進行している軍勢について、詳細が分かりました！」

「数は？　所属は？」

「騎馬兵が三百！　軍旗から、フィンブル伯爵家のものかと！」

「っ⁉」

私は身を強張らせた。フィンブル伯爵家は私の実家だ。

ということは、父が軍を率《ひき》いて辺境伯領に来ているということ？

戸惑いはディランも同様だったようで、敵か味方も分からない存在に嫌な予感だけが胸を満たす。

その時、再び別の伝令兵が駆けつけた。

「ディラン様！　領境でフィンブル伯爵家の騎馬団が停止しました！　し、しかし数騎のみ領境を超えて来ております。先頭は当主のアンドレア様と思われます！」

やはり向かってきているのは父のようだ。

しかし、たった数騎……？

ディラン様も訝しげな表情になってから、軽く頷いた。

「引き続き兵を集めておけ。俺は……フィンブル伯と会う」

「は！」

兵士達はディランの指示に一切の迷いなく職務を遂行する。

その迷いなく統率された動きは、日頃から鍛錬が培ってきた信頼関係あってのものだ。

私も彼らの動きを見ながら、腕を組むディランの裾を引いた。

「ディラン……相手は私のお父様です。同席してよいでしょうか？」

「あぁ、頼む。フィンブル伯がもしも我らに刃を向けるなら、説得できるのは君しかいない」

断られるかと思っていたが、ディランは受け入れてくれた。

大勢の軍を率《ひき》いて父は何をしに来たのか、まだ考えは分からない。

最悪の事態に繋がらないにならないよう祈りつつ、ディランと共に馬に乗って父のもとへ向かう。

辿り着いた先には、すでに辺境領の兵士が数百人ほど集まっていた。

彼らの視線の先、少し離れた位置で数騎の兵がこちらを見つめている。

その先頭に、確かに銀に光り輝く鎧を纏《まと》う父の姿が見えた。

「ライオネス辺境伯！　話がしたい！」

多数の辺境伯領の兵から視線を受けても父は動じることもなく叫んだ。

雄叫びのような声量でディランへと問いかけたのだ。

「ティーナ、向かう。いいか？」

「はい、大丈夫です」

ディランと共に、父が待つ場所へと進む。

ピリピリと肌を焼く緊張を感じる中、馬から降りてディラン様の隣に立つ。

父も馬から降り、私達をまっすぐに見据えて、わずかに表情を緩めた。

「よく、来てくれた」

「フィンブル伯……まずはこの状況の説明を願いたい」

ディランと父が睨み合いつつ、言葉を交わす。

問いかけを受けた父は一切表情を変えず、驚くべき言葉を告げた。

「我が軍は王家の命により……ライオネス辺境伯、貴殿の首を取りにきた」

涼しい顔をしながら父が漏らした言葉は、当然ながら冗談で済まされる内容ではない。

私達の背後にいる辺境伯領の兵達が殺気を放ち、場がさらなる緊張に包まれる。

しかし、ディランは平然と父に言葉を返していた。

「フィンブル伯、それなら話し合いの場を設ける必要はないはずだ。真意を聞かせてくれ」

ディランの言葉を受け、父は私へと視線を投げかけた。

「その前に……クリスティーナと話をさせてくれないだろうか？　私の真意はその後に話すと誓う」

「……ティーナ、構わないか？」

断る理由はない。コクリと頷くと、ディランは少しだけ私達から離れた。

私は慌てて、こちらを見つめる父へと疑問を口にする。

「お父様……何を考えているのですか？　軍を起こして辺境伯領に来るなんて！」

しかし、父はわずかに目を細めて私を見るのみだ。口を開こうとしない姿に焦れて、語気を荒らげる。

「答えてください！」

「――クリスティーナ、これから一つだけ質問をする。偽りなく答えよ」

「元から……お父様に嘘なんて言った事ありません」

その返答に父はわずかに頬を緩ませた。先程から父の考えが掴めない。

父が浮かべた笑みを見て、幼い私をあやしてくれていた過去の姿を不思議と思い出してしまう。

「クリスティーナ……お前は本当に幸せか？」

思い出した記憶の通り、父はどこか柔らかい雰囲気を放ち、優しい声色で尋ねてきた。

「なにを言って……」

「クリスティーナ……答えてくれ」

父の真意が分からない。だけど『幸せかどうか』なんて……そんなこと、言うまでもない。

「今の私は心の底から幸せです。お父様」

私は紛れもなく幸せだ。その気持ちに偽りなどなく、まっすぐ答えた。

「そうか……」

頷いた父の瞳は、記憶の中のどれよりも優しく笑っていた。

そんな顔、今まで見せた事なかったのに……

しかしその表情を一瞬で険しいものに変え、父はディランへと視線を戻した。

「ライオネス辺境伯。ランドルフ陛下が現在、三千以上の兵を率《ひき》いてこちらへ向かっている。あと一日も経てば……辺境伯領の近くにまで進軍してくるはずだ」

「三千……!!」

「貴殿ならこの数が内地から向かってくる脅威が分かるはずだ」

「……」

「防衛のために各地に散る辺境伯軍を招集すれば、隣国がその隙を見逃すはずがないだろう」

「確かに、こちらの軍は警戒を解くことができない。もしも隣国が攻めてくれば……領民が犠牲になってしまう」

ディランは悔しそうに拳を握りしめていた。

当然だ、領民を人質にするような行為を……本来民を守るべき王家が平然と行ったのだから。

「今の状況では対抗が可能な他の有力家からの助力にも期待できないだろう」

「そ、それは……どうして！」

私の問いかけに、父は視線を伏せながら呟く。

「王家は偽りの大義名分を作って辺境伯領へ侵攻している。そんな王家に対して軍を起こすには、民を納得させる十分な大義がなくてはならない」

ようやく手に入れた平穏な生活、私の幸せが崩されるような言葉が到底信じられない。

だけど、ディランの苦々しい表情が、父の言葉の現実味を強めた。

「そんな……あまりに横暴です！　王家がどうしてそんなことを！」

耐え切れず問いかけた言葉に、父は迷うように暫し沈黙する。

そして、ためらいながらも答えた。

「王家の狙いはクリスティーナ、お前だ。未だに民からの支持も厚いお前を手にすれば、その後の状況を覆《くつがえ》す事も可能だと考えて、辺境伯領への無謀な侵攻を始めたのだ」

「っ⁉」

あまりのことにドレスの裾を握り締める。

たったそれだけのために、大勢の命を軽んじるようなことをしたというの……ランドルフ。

それに、私のせいで辺境伯領に脅威が迫るなんて……

王家の目的のために呼ばれたという三千人の王国軍の兵士と、私の暮らす辺境伯領の兵士達。

無関係な彼らが私のせいで殺し合うことになると思うと、手が震えた。

罪悪感から顔が上げられないままでいると、そっと背中に手が添えられる。

「ティーナ、断じて君のせいではない」

「あぁ、そうだ。お前が責任を感じる事じゃない」

考えが顔に出ていたのか、ディランと父がそう言ってくれた。

父は優しく私に「大丈夫」だと言ってくれるが、王家の行動が事実なら、なぜ父はこのことを――

「貴方は王からの命で俺の首を狙っていたとおっしゃいましたが、その情報を明かした理由は？」

感じた疑問をディランも察していたのか、父に問いかけた。

「貴方の真意を……お答えください」

「決まっている。そんなものはたった一つだ」

ディランの質問に答えた父は、私達に背を向ける。

その間際、私に一瞬だけ視線を送った瞳は潤んでいた。

「私は幼少より王家に尽くせば幸せになれると教えられた。事実、王家のために剣を振るう事で今の地位を手に入れた。だから王家に尽くすことに間違いはないと思っていたが……」

父は語気を強めて言葉を続ける。

その姿は、まるで自分自身に言い聞かせるようでもあった。

「その考えは間違いだったと娘が教えてくれた。王家に間違いはないと盲信した教育を続けようとして……陛下に傷付けられた娘を、私がさらに傷つけてしまっていたのだ」

「お父様……」

「苦労をかけたな、クリスティーナ。お前の言う通り……父が愚かだった」

父はそう言うと、すぐに馬に跨《また》がった。表情は逆光で見えないままだ。

「謝罪にもならんが、私が王国軍を止めてみせる。……ここには、そのことを伝えに来た」

距離は変わらないはずなのに、急に父の背中が遠くに見えた。

もう二度と会えない。そんな覚悟が父から伝わってくる。

「ライオネス辺境伯、無礼を承知で頼む。辺境伯軍は動かさず、クリスティーナと共に逃げよ」

「っ……」

「二人が逃げる時間はフィンブル騎兵団が引き受ける。娘さえ逃れれば、王家は没落するのみだ」

「それでは、お父様は……どうなるのですか?」

かつて父は十倍の戦力差で隣国を相手したという武勇は、何度も子供のころに聞いた。

けれど二十五年も経ち、父は年老いている。そんな身体で王家に立ち向かう事は……死も同然だ。

答えは分かっているのに、せめて気休めでも「大丈夫だ」と、一言が欲しくて問いかける。

父を憎んでいた気持ちはあった。

だけど、死んでほしいなんて一度も思った事がない。

ただ、間違いを認めてほしかっただけ、話を聞いてほしかっただけだ。

死なないでほしいと願う気持ちで尋ねると、父は振り返って柔らかな微笑みを見せる。

「クリスティーナ、私が間違っていた……許してほしいなどと言わない、そんな資格はない」

微笑みながら、父は言葉を続ける。

「だからせめて、お前がここで掴み取った幸せを守らせてほしい」

「お父様……だめ、それは……駄目です！　今からでも遅くない、なにか策を！」

叫ぶ私の声をかき消し、父は雄叫びと共に馬を走らせる。

そこからは一切振り返らずに、砂塵をあげて遠ざかっていく。

背中は雄々しくて立派だ。だけど、父の考えは間違っている。

私は……貴方が死ぬことなんて望んでいない。

「待って！　待ってください！　お父様！」

叫んでも、覚悟を決めた父の背中は止まらずに小さくなっていくだけだ。

曇天の空を駆けていく父に、私の叫びは届かなかった。

「……待って、お願いだから……私の話を聞いてよ。お父様……」

どうすればいいの？

冷静な判断ができないまま、伸ばした手だけが空を切る。

その時、私の手をディランが握った。

「ティーナ」

「……ディラン？」

「どんな絶望でも諦めなかった君なら、きっと最善の道があると気付くはずだ」

手の温もりに、肩の力が抜ける。同時に目の前がふと明るく見えた。

そうだ。

今まで私は、妃《きさき》だった半生が無駄ではないと証明するために突き進んできた。

父の言う通りに王家の軍から逃げれば、私の今までが無駄であったと認めることに等しい。

これでは、覚悟を決めて髪を切った……あの頃の私自身に呆れられるだろう。

もう二度と、私の人生が無駄だと軽んじられないために強く生きると決めたはずだ。

この状況を覆す方法を、私にできることを……考えろ。

『王家に対して軍を起こすには、民を納得させる十分な大義がなくてはならない』

父が言っていたように……他の貴族達が王家に兵を動かすには相応の大義、理由が必要だ。

でも……どうやって。

——そうか、民を動かすに足る大義を……私なら作り出せる。

「ディラン！　お願いがあります！　五日間だけ、父と伯爵家の兵達を守ってください！」

顔を上げ、ディランへと私の考えを全て伝える。

彼はそれを受け、嬉しそうに私の髪をくしゃくしゃと撫でた。

「ティーナが築き上げた日々が無駄ではなかったと、奴らに思い知らせてやろう」

「はい……！」

「待っている……任せたぞ。ティーナ」

その言葉に胸が震える。心の中が満たされていく。

誰よりも身近な彼が私を信用して、任せてくれているのだから。

「馬を数頭、護衛も何人か連れて行きます！　ディラン……どうか、ご無事で」

「……あぁ、こちらは気にせずに行ってこい！」

「ありがとう!!」

準備のために走り出す。

振り返る時間はない。私はディランを信用して、彼も私を信用してくれている。

だから振り返って、互いの心配などすべきではない。

ランドルフ、貴方は私の人生を否定するだけでなく、掴んだ幸せを壊すために動いた。

軍を起こせば、私を取り戻せると本気で思っているのだろう。

だけど、今度こそ私の人生で培《つちか》った全てをぶつけ、貴方の選択が間違いだと証明してみせよう。

後悔・六　（ランドルフ side）

王国の正規軍ではなく父の私兵や囚人を集めた軍。

数が三千程では少ないと思っていたが、実際に率《ひき》いる立場になれば考えが変わる。

視界に見える大地を埋め尽くす兵の姿に手が震えた。

今から俺の一挙手一投足によって見知らぬ誰かが、顔も知らぬ者を殺すことになる。

目の前の兵達は何も知らず、何が目的かも分からずに死地に向かっているのだ。

今から彼らに殺し合いをさせる責任の重さと罪悪感に吐き気がこみ上げた。

鼓動が鳴り止まない、緊張で手が震える。

そんな怯えた俺に、父上が馬を寄せてきた。

「怯えるなランドルフ。お前は胸を張らねばならん立場であることを認識しろ」

「し、しかし父上。こんな数が、今から殺し合うのですよ……？」

この大地を揺らすような大軍が、殺し合いを繰り広げるのだ。

とても冷静でいられない。

「……やはり、お前には王である資格はないな」

舌打ちと共に呟いたのは、目に包帯を巻いた状態で馬に乗るエドワードだ。

彼は盲目であるはずなのに、まるでそれを感じさせずに騎乗をしている。

「エドワード、お前に俺の立場の何が分かる！」

「怖気付《おじけ》くな愚王が……クリスティーナ様を取り戻す前に逃げたら、俺がお前の首を斬るぞ」

とても王族に向ける言葉遣いではない。

だが、俺と父上にはそれを咎めることはできない。

エドワードの気狂いした様子が恐ろしいのもあるが、対峙する相手が辺境伯である事も一因だ。

この戦で頼りになるのは、近衛騎士団長であるエドワードには違いない。

父上もそれを十分に分かっているからこそ、彼の言動を寛容に受け流す。

「とりあえず……安心せよランドルフ。儂らの軍が実際に戦う可能性は少ない。なにせフィンブル伯が向かったのだ、着くころには終わっているさ」

そう快活に笑う父上であったが、すぐに笑い声をかき消す音が耳に届いた。

遠くから大気を震わせ、馬の蹄《ひづめ》の音が近づいてくる。

聞こえる方向から、辺境伯領から砂塵と共に騎馬団がこちらへ向かってきていると分かった。

「おぉ……もしや、フィンブル伯がすでに辺境伯の首を取って戻ってきたのではないか？」

身を乗り出す父上であったが……すぐにそれが間違いだと気付いた。

迫る騎馬団の勢いは全く衰えず、さらに勢いを増して止まる気配がない。

いち早く声を上げたのはエドワードだった。

「馬鹿が！　何をしている！　すぐに迎撃する指示を出せ！」

「し、しかし……あれはフィンブル伯だろう⁉　そんなことをしては……」

「関係ない！　迫る音で分からないのか⁉　確実にこちらを攻める気だ！」

なにを……言って……？

理解が追いつかぬ間に、フィンブル伯爵家の騎馬団がこちらの軍とかち合った。

彼らは少数であるのに、猛烈な勢いで軍の中心へと潜り込み、次々と軍の編成をかき乱していく。

その騎馬団の先頭で剣を振るう者は、見間違えるはずもなかった。

「な……アンドレアァァ！！！　ま、まさか我らを裏切ったのか！」

父が叫び、その名を呼んだ。

アンドレア・フィンブル、かつて賢王の英断を提案して実行してみせた隠れた英雄だ。

齢《とし》は五十に届くような彼が、若き兵に劣らぬ勢いで次々とこちらの軍をかき乱している。

「数で囲め！　数はこちらが多いのだろ？　なら囲んで潰せ！」

呆然とする俺を突き飛ばし、苛立ち交じりにエドワードが伝令を飛ばす。

即座にこちらの軍がフィンブル騎馬団を囲もうと動くが、彼らは我々の動きを見るや否や、迅速に包囲を抜けた。

二十五年前に隣国の軍を相手に時間を稼いでいた経験か、その指揮や勢いは衰えていない。

しかし数が勝るこちらは、その後ろを逃さずに追っていく。

包囲さえすれば、勝敗は一瞬のはずだ。

そんな希望を抱いて拳を握ったが、突如として降り注いだ矢の雨がこちらの軍を止めた。

「へ……辺境伯だ！　ライオネス辺境伯が……」

一人の兵士が声を上げた瞬間、エドワードが喉を焼くような声で叫んだ。

「あ……あのくそ野郎がぁぁ!?」

その叫び声をあざ笑うかのように、辺境伯の軍がこちらの軍を押し返す。

そして、フィンブル騎馬団との合流を果たしていた。

辺境伯軍の数は少なく、フィンブル騎馬団と同程度。戦力差は大きくは埋まらない。

しかし、彼らがこちらの軍にもたらした不意打ちは、士気を落とすには十分だった。

エドワードは辺境伯軍の名を聞いた瞬間に冷静を失い、指揮には期待できない。

だが俺の指示では戦況を覆《くつがえ》すなど叶うはずもなく、完全にあちらが主導権を握ってしまった。

フィンブル騎馬団の攻めの力は侮れず、ライオネス辺境軍の守備は鉄壁。

この状況に、余裕だった父上の笑みが消えて口を一文字に結んだ。

そして知識も軍略も持ち合わせていない俺は、ただ怯えるしかできなかった。

◇◇◇

「負傷兵であっても戦線に出せ！　攻め手を緩めるな！　誰一人として逃げる事は許さん！」

エドワードの怒声が聞こえ、衰弱で飛びかけた意識を呼び戻す。

開戦から五日が経った。

十倍にも近い兵力差の中、相手は五日も生き残っている。

フィンブル伯の力は想像以上であり、ライオネス辺境伯が侵攻を食い止める手腕も恐ろしいものだ。

しかし流石に衰弱してきたのだろう。

こちらの軍が、いよいよ騎馬団の先頭を走るフィンブル伯を追い詰めていた。

ここで彼を討てば、戦況は大きく変わるはずだ。

「……？」

その時、何か嫌な感覚が背筋に走った。

思えばこの五日間、不思議な事に両軍ともに大きな被害が出ていない。

フィンブル伯も辺境伯も、大きく攻める事は無くあくまでも防衛のみを貫いている。

まるで、ひたすら時間を稼いでいるような――

「……なにが目的だ？」

感じ取った異変、ジワリと汗が滲《にじ》む。

なにかを読み間違えた気がした。

思えば、目当てであった辺境伯が戦場に現れ、本来の目的を見失っていた。

本来、最も早急に身柄を手に入れるべきだったクリスティーナはどこにいる？

そう思った瞬間だった――

「み……南より軍が迫っております！　か……数は三千程です！」

「なっ⁉」

一人の兵士が伝令に走り込んだ。

その報告に周囲がどよめく。エドワードと父上も明らかに動揺している様子だ。

三千の兵といえば、今回グリフィス王家が動員した兵士の総数に近い。

それだけの兵を起こした者は一体……

「どこの軍だ。もしや我ら王家への助力かもしれぬぞ！」

父上の希望を抱いた言葉に、偵察兵は言葉を詰まらせつつ答えた。

「そ、それが、どこの軍か分からないのです。ただ、その軍を率《ひき》いていると思わしき先頭の馬に騎乗していたのは……紛れもなくクリスティーナ様でした！」

動揺に包まれた周囲。それとは反対に、すとんと今の状況が腑に落ちた。

そうか、この五日間は……クリスティーナが来るまでの時間稼ぎだったのだ。

俺には彼女の真意までは掴めないが、一つだけハッキリと分かったことがある。

クリスティーナが引き連れてきた三千もの所属不明の軍は、確実にこちらの敵だ。

「三千……そんな数をどこからクリスティーナ様が連れてきたというのだ⁉」

エドワードの問いかけに、偵察兵は報告を続けた。

「軍とはいえ、見た目は農民の集まりにも見えました。兵士らしき者は少ないです」

その言葉に俺は顔を顰《しか》める。農民を集めたというのなら、明らかな愚策だ。

戦場に立つべきでない農民では、兵装も整っていないはずだ。それでは軍の力など知れている。

クリスティーナは焦りから大きな過《あやま》ちを犯した……そう思った時だった。

「ほ……報告!!」

考えを遮り、再び慌てた様子で別の偵察兵が走ってきた。

青ざめた兵は、怯えた様子で膝をつく。それから周囲に響き渡る声で言った。

「ほ、北部よりこちらへ進軍する軍がおります。数はおよそ五千……お、恐らくスクァーロ公爵家の軍だと思われます！　まっすぐに我が王国軍へ迫っております」

周囲の者達が一斉にどよめいた。

エドワードも虚を突かれたように口を開け、父上は咳き込んで過呼吸になっている。

動揺は当然だ。

王国貴族の序列一位となるスクァーロ公爵家が軍を率《ひき》いてこちらに向かっているのだ。

こちらに進軍していることに加え、今の状況……味方ではないことは嫌でも分かる。

「な……ど、どうして公爵家が軍を起こしている！　どのような大義があって……」

父上の声を遮り、再び別の偵察兵がこちらへ走ってきた。

「ほ、報告します！　西部より四千の軍がこちらへ……国教会の教団兵かと思われます！」

「なっ……なにをぉぉ!?」

「さ……さらに先程！　ルイード大臣からの使者が、書状を届けにまいりました！」

「す、すぐに読め！」

父上の荒々しい声に気圧されつつ、偵察兵は震える手つきで書状を開く。

先に内容を見たのか、その瞳を大きく見開いた。

「ルイード大臣、そして公爵様、司教猊下《げいか》の署名があります……そ、そして」

「何をモタモタしている！　内容を伝えよ！」

名を連ねた者は、辺境伯を除いた賢人会議の面々だ。

彼らからの書状を読んだ偵察兵はゴクリと喉を鳴らし、意を決したように口を開いた。

「クリスティーナ様がライオネス辺境伯と共に正式に王家への反乱を表明。公爵家、国教会、王宮議会は助力を決定したとのこと！」

「は……？」

「王国軍に対して、これ以上の犠牲を避けるために投降を命ずる……と、あります」

「な………ま、まさか……クリスティーナが反乱を起こしただと!?」

へなへなと座り込む父上を見ながら、俺はようやくクリスティーナの考えを理解した。

我らが王家は、公爵家や国教団には軍を挙げる大義がないと分かっていた。

王家へ刃を向けるに足る理由がなければ、軍を集められぬと高《たか》を括《くく》っていたのだ。

しかし……クリスティーナは自分自身が大義となることを選択したのだろう。

王家への反乱軍を起こし、自身の非礼への正当性を示すための正義の戦いに転じた。

まさに国民や、公爵たちが喜んで軍を集めるのに相応しい大義だ。

彼女はその選択を……自身の価値と国民からの支持を理解し、実行してのけたのだろう。

「ありえん！　クリスティーナは辺境伯領にいたはずだ！　各地への連絡のために国を回るのは、

どれだけ馬を変えて走ったとしても十日はかかるはずだ！」

父上の言葉に俺が驚きもしない。至極簡単な理由だったからだ。

「父上……クリスティーナはきっと、寝ずに馬を走らせたのです」

「……っ⁉」

合点がいった。

ライオネス辺境伯達の時間稼ぎは、全てこの筋書きを達成するためのものだ。

彼女は自分の力を最大限に利用し、幸せを守るために戦った。

そして、クリスティーナに頼られたもの達が迷いなく力を貸したのは……紛れもなく彼女が培《つちか》ってきた妃《きさき》としての功績あってのものだ。

それは、俺や父上よりも、彼女のほうがずっと国民や貴族から信頼されている事を表していた。

その事実に、俺のような者がクリスティーナを求めたことが、今は恥ずかしいとすら感じる。

彼女と違って……俺の情けなさは酷いものだ。

父とエドワードの甘言に惑わされ、殺し合いを生み出した。

こんな戦を起こしながら決断もできずに怯えているだけで、下した選択への覚悟もない。

あげくにクリスティーナを取り戻し、王の地位を守ろうなどと甘い考えを抱いていたのだ。

道を切り開く彼女を知るほど、他人任せだった自分自身の情けなさに気付かされる。

「っ！　今すぐに全軍を動かしてライオネス辺境伯だけでも殺しに行くぞ！　さっさと動け！」

敗戦の雰囲気が漂う沈黙を壊したのは、エドワードの一声だ。

しかし、彼の声に反応する者は誰も居ない。

ここまで戦況が劣勢となり、加えてクリスティーナが相手と分かればためらう者が多いはずだ。

「辺境伯だけでも殺すぞ！　あんな男にクリスティーナ様を渡すか!!　さっさと動けぇ！」

剣を抜き取り、怯える兵士達を脅して叫ぶエドワード。

へなへなと座り込み、絶望してブツブツと呟き続ける父上。

そんな地獄の状況を生み出してしまったのは、紛れもなく俺が原因だ。

父上の甘言に惑わされなければ、エドワードを制止していれば……

そもそもクリスティーナを廃妃にしていなければ、こんな事にはならなかった。

こんな時でさえ、言い訳ばかり浮かぶ自分が嫌になる。

あいつは自分の力で戦い、状況を覆《くつがえ》してみせたのに、俺は今までずっと人任せだった。

今なら分かる、俺が王でいられたのはクリスティーナが居たからだったのだろう。

王という立場にあぐらをかき、彼女に愛されている事にも気付かずに支えてもらっていた。

最低で滑稽だ、こんな俺に王たる器がどこにある。

『そんな愛は必要ありません。貴方は私の気持ちを少しも分かってくれていないのだから』

ふと、クリスティーナと最後に交わした言葉を思い出す。

あの時の彼女が……何を望んでいたのか分かってしまったのだ。

最低な俺がすべきことは、再び彼女を愛することでも、王を続けたいと懇願することでも、幸せを奪う事でもなかった。

すべき事はたった一つしかなかったじゃないか。

「……終わりだ。エドワード」

「ランドルフ!!　お前が諦める気か⁉　ここまできて！」

エドワードの怒声に、もう怯えはしない。

最低な俺を支えてくれていた彼女へすべき事はたった一つだ。

それに気付いた瞬間、口は勝手に動いていた。

「終わりだと言っている！　これは俺が決めたことだ！　エドワードを取り押さえろ！」

「っ⁉」

指示を飛ばせば、周囲の兵達はためらいながらエドワードを取り押さえていく。

情けない……

覚悟を決めたはずなのに、自分の意志で下す決断に手が震え、心臓はバクバクと鳴っている。

きっとクリスティーナは、何度もこんな決断をしてきたのだろうな。

「全軍に告ぐ！　我々はクリスティーナに降伏する！　剣を置け！　これ以上……俺のせいで人を殺す事は誰であろうと許さん！」

その声を受け、周囲の兵は待ち望んでいたように剣を置き、次々と両手を上げる。

皆がこんな戦いをしたくなかったのだと、ひしひしと伝わってきて、俺は情けなさに拳を握った。

「すまなかった。お前たちに責任が及ばぬように俺が計らう……もう剣を握る必要はない」

最後ぐらい……王らしい姿が見せられただろうか。

いや、やはり俺は幼き頃に憧れた王などとは程遠かったのだろう。

なぜなら、クリスティーナが望んでいたのは、俺が非を認めて謝罪をすることだったはずだ。

そんな簡単な事にいまさら気付いた俺には、やはり王の素質などない。

でもどうか……今は君に一言だけでも、謝罪の言葉を送らせてほしい。

遅い事は十分、承知しているから。

第九章　さよならじゃない

「はぁ……はぁ……」

かすむ意識の中、なんとか気を奮い立たせて馬の手綱《たづな》を握り締める。

少しでも気を緩めれば意識を手放してしまいそうだ……限界が近い。

「クリスティーナ様、大丈夫ですか⁉」

辺境伯領から共に馬を走らせてきた兵が心配の声をかけてくれる。

私と同じく、ろくに眠らずについてきてくれた彼らに心配させまいと、なんとか笑顔を向けた。

「はい……皆さんも、無理をさせてしまい申し訳ありません」

「いいえ、俺達は日頃の訓練で身体だけは丈夫なので、心配しないでください」

「後ろの民の方々にも……無理はしないでほしいと伝えてください」

「承知いたしました。しかし……あれだけ大勢がクリスティーナ様のために来てくれるなんて」

正直、今の状況に驚いているのは私自身も同じだ。

思えば大それたことをした。

ランドルフが退位する事は決まっているとはいえ、王家への反逆を決めてしまうなんて。

けれど、そんな私の選択を後押ししてくれたのは、民たちだった。

公爵家や国教団の協力を得ることができればいいと思って各地を回る途中。

私を見た王国の民たちが続々と集まってくれたのだ。

ある者はくわを手に取り、ある者は素手でも戦うと息巻いて付いてきてくれた。

彼らに戦ってもらう気は毛頭なかった、そんなことはさせられない。

しかしこうして揃った数が迫るだけで、ランドルフ率《ひき》いる軍への牽制になるはずだ。

そう考えて、私は彼ら一団を率《ひき》いて前を進んでいる。

今はただランドルフたちに投降させるため、進軍を続けるしかない。

「皆さん！　あと少しです！」

「承知いたしました！」

馬にもだいぶ無理をさせてしまっており、息が荒い。お願い……もう少しだけ頑張って。

そう思って馬を撫でた時、ふと、前方からこちらに向かって来る兵が見えた。

兵装から辺境伯領の兵だと一目で分かり、馬を停める。

すると、彼は泣きそうな顔でこちらに叫んだ。

「クリスティーナ様、王国軍が投降しました！　ライオネス辺境伯もフィンブル伯もご無事です！」

「……っ!?」

本当に……本当に耐えてくれたのね、ディラン。

ありがとう。父を救ってくれて……

私を信じて戦ってくれていたことが今はただ嬉しくて、思わず目頭が熱くなる。

だが、感傷に浸っている時間はない。

私は後方で行進する民たちに向かって、大きな声で叫んだ。

「ここでこの行軍を止めます！　私は先に辺境伯とフィンブル伯のもとへ向かいます。兵の皆さんは申し訳ありませんが、民の方々へ説明を！」

「承知いたしました！　こちらはお任せを！」

「……ありがとう、皆さん」

助けられてばかりだ。

辺境兵の皆や、ディラン。

父や、フィンブル伯爵家の騎馬兵達。

今の状況は紛れもなく、私だけの力でなく、皆で作り上げた戦果だ。

ひたすらに溢れる感謝の念を胸に抱き、父とディランが待つ場所へと馬を走らせた。

◇◇◇

戦場だった場所を馬で駆け抜けるが、すでに王国軍の中に剣を握る者はいなかった。

大勢の兵達の合間を抜け、必死にディランのもとへ向かう。

はやく彼に会って無事を確かめたい。

「クリスティーナ様！」

名を呼ぶ声に馬を止めれば、一人の兵士が私のもとへ駆け寄った。

見知った顔だ……たしかフィンブル伯爵家の騎馬団の一人だったはず。

酷く焦った様子で私へ駆け寄る姿に、嫌な予感が胸を満たした。

「クリスティーナ様！　アンドレア様のもとへ来て下さい！　お願いします。どうか……どうか間に合わなくなる前に……」

「っ……お父様はどこですか！」

先程、辺境伯領の兵士はフィンブル伯——父は無事だと教えてくれていたが……

兵士の焦った様子に嫌な想像が頭を巡る。すぐに父がいる場所を教えてもらい、馬を走らせた。

父の居場所はまさに戦場のど真ん中、最前線だった。

つい先ほどまで戦闘が行われていたであろう場所には武器が散乱し、血の臭いも新しい。

その様子に、だんだんと背筋が冷えていく。

齢《よわい》五十を過ぎた父が戦場の最前線で戦うなど、どれだけ無謀なことか。

無事でいてほしいと願う気持ちで、視界に見えた人だかりへと駆けていった。

「アンドレア様！　目を開けてください！」

「どうか……まだクリスティーナ様に会っていません！　まだ逝ってはなりません！」

聞こえてくる声に、最悪な状況を連想して手が震える。

馬から飛び降りて、人だかりの端につくと、ハッとした表情で一人の兵士がこちらを見た。

「っ!?　クリスティーナ様、来て下さったのですね！　どうかアンドレア様と――」

それ以上の言葉は待たなかった。人だかりをかき分けて中心へと向かう。

そこには膝をついた父の姿があった。白銀に輝いていた鎧には、赤黒い血が付着している。

身体中に切り傷や矢傷を刻み、その痛々しい様子のまま微動だにしていない。

「お……お父様……お父様！」

駆け寄れば、父は瞳を閉じたまま、声に反応して小さく頷いた。

息遣いが微かに聞こえ、まだ生きていると分かる。

父は生きて……私を待ってくれていた。

「すぐに衛生兵を……お父様を救ってください！」

すでに呼んでいるなんて分かっている。

だけど叫ばずにはいられない。

「ありがとうございます……お父様……ありがとう。お願い……しっかりして」

「………」

少しでもお父様の意識を繋ぎとめるために、感謝の言葉をかけ続ける。

まだ息はしている、きっと助かるから……いかないで。

お母様だって待っているはずだ。……こんな所で死んでは駄目——

「おい……止まれ！」

「まて！　誰か止めろ！」

「止めろ！　その男を止めろ！　今すぐに取り押さえろ！」

人だかりから何かを制止する声が、徐々に近づいてくる。

慌ただしく兵達が動き出すが、それをかき分け、切り付け、誰かが走ってきた。

私が咄嗟に父の前に立てば、駆け寄ってきた人物は頬に深い笑みを刻んでいた。

「お声が聞こえましたが……ここに居たのですね！　クリスティーナ様ぁ！」

「エドワード……」

もう二度と会うことはないと思っていたのに、こんな時に彼が来るなんて……

王国軍は投降していたはず、その敗残兵に紛れてここまで来たというの？

いつ倒れてもおかしくない傷だらけの身体で、彼は剣を握って立っていた。

血で固まった茶髪、白かったはずの包帯は見る影もなく血と泥に染まっている。

息遣いが荒く、顔は傷だらけで、かつて麗《うるわ》しいと絶賛されていた彼の姿は残っていなかった。

「クリスティーナ様……俺が貴方の美しさをより高めるために、どれだけ尽くしてきたか、どうして分かってくれないのですか！　俺に従えば、誰よりも美しくなれるのに！」

「エドワード、すぐに剣を下ろして投降しなさい！」

「いいえ。クリスティーナ様……俺はやはり貴方が誰かのものになるなど……嫌なのです」

叫ぶエドワードを周囲の兵士たちが捕らえようと動き出す。

しかし彼は剣を振るってそれらをかいくぐり、さらに私へと近づいた。

「あぁ……そうだ……貴方が誰かのものになって美しさを失うぐらいなら、俺と一緒にこの世を去りましょう！　一緒に！　共に死にましょう！　あの世で貴方の美しさをより高めてみせます！」

……狂っている。

冷静に話し合う事は不可能だと悟り、咄嗟に近くに落ちている剣を持ちあげる。

その重さに呻いた瞬間、エドワードが剣を振り上げた。

私は戦える訳じゃない……

だけどせめて少しでも時間を稼げればと、剣を精一杯に振り上げる。

「クリスティーナ様！　抵抗しないでください！　楽に殺してあげますから！」

「っ!?」

ギィイン、と金属音が響く。なんとか剣を受け止めた。

いや、私の抵抗なんて虚しいだけだった。

エドワードの剣圧に押され、握っていた剣があっさりと空を舞う。

眼前に剣が迫る……だめ……逃げられない。

——そう、思った時だっだ。

肩に大きな手が触れて……身体が後ろへと強く引かれた。

「え………」

何が起こったの？

エドワードの叫び声、兵達の制止の声が聞こえる中で、私の身体を引いた人物が前に躍り出る。

私に覆い被さり抱きしめてくれたのは……父だった。

もう動くことさえ辛いはずなのに、エドワードと私の間へ壁になるように立った。

「だめっ……お父様っ!!」

叫ぶと、父はこちらを見て、くしゃりと笑った。

その笑みはかつて、幼い私が夜を怖がった際、大丈夫だと一緒に居てくれた時と同じものだ。

こんな時に、父の優しかった記憶が別れを惜しむように蘇ってくる。

「どけぇぇ!!　クリスティーナ様と俺の時間を邪魔するなぁぁ！！！　俺だけを見ろ！　貴方の父を殺す俺を見ろぉぉ!!　クリスティーナ様ぁぁ！！！！」

醜い声を上げるエドワードが振り上げた剣先は、笑みを浮かべる父の背へと下ろされていく。

やめてと叫んで手を伸ばすけれど、父がそれを許さずに私を突き飛ばした。

「お父様……っ!!」

笑みを浮かべる父が遠ざかっていく。

いくら手を伸ばしても、倒れゆく私にできることなんてない。

エドワードの銀光りする剣先が、父の背に吸い込まれるように振り下ろされる。

……駄目だよ、お父様。

ようやく、これからいっぱい話し合って、私の辛かったことや過去を知ってもらうはずだった。

だから、絶対に死なせたりしない!!

「────ディランッ！」

喉が焼け切れて、空気を震わせるような……人生で一番の叫び。

その一瞬、時が止まったようだった。


「頑張ったな、ティーナ」


そんな一言が聞こえたと同時に、エドワードの頬に拳がめりこんだ。

父へ振り下ろされていた剣が地面へと落ち、それを拾う姿に目を奪われる。

「ディ……ラン……？」

「すまない、遅れた」

「本当に？　来て……くれたの？」

「当たり前だ、ティーナ」

髪を優しく撫でてくれたディランの手が暖かくて、安心感から涙がこぼれ落ちる。

「すぐに終わらせる。待ってろ」と彼は呟いて、エドワードへ視線を向けた。

「ぎ……ぎざまぁ……殺す、殺す！」

「もういい、貴様にはうんざりだ」

「なっ⁉　ぐっ⁉」

ディランは、エドワードの言葉も聞かずに鳩尾《みぞおち》に蹴りをいれる。

そしてそのまま、首筋へと剣を当てて見下ろした。

「ここで、終わりだ」

「お、俺のクリスティーナ様を……お前なんかに……」

「諦めないな、貴様は……」

「当たり前だ！　俺は必ず、ク、クリスティーナ様を誰からも愛される美しい女性にして……」

「馬鹿が……もう彼女は皆から十分に愛されていると、此度の戦で分かったはずだろう」

「っ……」

「あの王宮で見逃してやった命、ここで散らせ」

「っ⁉　は？　っやめ‼」

瞬きの間に、ディランの剣先がエドワードの喉元を薙《な》いだ。

断末魔の悲鳴さえ上げられずに、エドワードは手を伸ばしてうごめく。

それを心配する者は誰もいない。

「見えない……く、くるしい。どこですか……どこですか……クリスティーナ様ぁぁ」

そんな彼に手を差し伸べるか迷い、その場にしゃがみこむ。

「あぐっ……お、俺は……貴方を愛し……貴方だけが……俺に……優し……く……」

エドワードはそれでも私のことが見えているように、地を這いずる。

しかし、次第に呼吸は小さくなり、ゆっくりと手を垂れ落とした。

伸ばしてきた腕が私に触れる事もできずに落ち、エドワードの執着心は命と共に絶えていった。

「ティーナ、無事か？」

その姿を確認して、ディランが私へと駆け寄り、抱きしめてくれる。

彼がこの場に来てくれた嬉しさと、ようやく終わった安心感からまた涙がこぼれた。

「ありがとう、ディラン」

「無事で、良かった……」

「でも……まだ、お父様が……」

ディランの抱擁の中で、絶えず流れる涙と共に不安を吐露する。

二人で父のもとへと駆け寄れば、父は私の無事を確かめて頬に笑みを浮かべた。

同時に、ふっと意識が抜けたように身体が地面に倒れる。

慌てて身体を支えて声をかけるが、返事はない。

「お父様……眠ってはなりません！」

何があっても死んでほしくない。

応急処置を行いながら、私は必死に父を呼び続けた。

◇◇◇

父は近くの村にある医療施設へ運ばれたが、診てくださったお医者様は静かに首を横に振った。

「ここでは薬が揃っておりません……救うことは難しいです」

身体の力が抜けそうになる。

父の命が消えてしまうかもしれない恐怖が手を震わせた。

「お願いします、お父様を助けてください……」

すがるように泣きついても結果は変わらない。

だけど、それしかできない自分の未熟さが悔しくて仕方がない。

戦のせいで辺境伯領の医薬品は底をつきかけており、ディランが必死に薬品を手配してくれているが、間に合うかの瀬戸際だ。

その彼も今は戦の後処理に追われており、一人になった私は迫る父の死に怯えるしかできない。

「クリスティーナ……！」

「っ……お母様」

聞こえた声に顔を上げれば、母が居た。聞けば、フィンブル伯爵領から父を追いかけてきたらしい。

馬車は軍馬に比べると遅く、この日になって到着したようだ。

母は、私を見ると走り寄って抱きしめてくれる。

その母の泣き腫らした顔を見れば……耐え切れず涙が流れてしまった。

誰よりも父を心配しているであろう母に、こんな結果を知らせてしまうなんて。

「お母様……ごめんなさい、ごめんなさい」

「貴方はなにも悪くないわ……クリスティーナ……アンドレアはきっと大丈夫、大丈夫よ」

母はまるで自分自身に言い聞かせるように「大丈夫」と、何度も復唱する。

だけど私の背中をさする手は、言葉とは裏腹に酷く震えていた。

そんな母と互いに励まし合いながら、父の無事を祈り続ける。

太陽が沈み、医療施設は暗くなっていく。

その時、母は思い出したように一枚の手紙を取り出した。

「……これは？」

「アンドレアが出ていったときに、書斎から出てきた手紙よ。あの人は素直じゃないから……」

読んであげて、と渡された手紙には、確かにフィンブル伯爵家の家紋が封蝋《ふうろう》で捺《お》されている。

「お父様が……」

「アンドレアはきっと起きてくれるから、その時は手紙の返事をしてあげて」

告げられた言葉に、何も言わずに手紙を広げる。

そこには、驚くほどに綺麗な文字が並んでいた。

◇◇◇

愛する娘、クリスティーナへ

お前が私を許せない気持ちは分かっているが、どうかこの手紙を残すことは許してほしい。

私は幼き頃から王家のために生きる道こそ、幸せに繋がると教えられてきた。

それが一番だと信じていたからこそ、娘のお前にも同様の教育を行った。

しかし、それが正しいとは限らなかった。

辺境伯領で再会した日、私達の教育は娘を幸せに導くどころかむしろ虐《しいた》げていたと気が付いた。

私が言った言葉がどれだけ娘を傷つけたのか、王宮の関係者達に話を聞いてよく分かった。

お前が王宮でしていたこと、されたことを知れば知るほど後悔が胸を満たす。

陛下から受けていた扱いを聞いて、王家を盲信していた自身を恥じた。

お前が一人で苦しんでいたのに、気付いてやれなかった私自身にも酷く怒りが湧いている。

すまない、本当に私は情けなく、最低な父だった。

言い訳にもならないが、私は本当にお前を大切だと思っている。

幼いお前が私の指を小さな手で握っていた事は今でも覚えている。

その小さな手を守り、必ず幸せにすると固く心に誓ったはずだったのに、私は結局、娘を苦しめていた一人に過ぎなかった。

本当に、すまなかった。


先程、前王からライオネス辺境伯領へ軍を向けよと指示があった。

それから彼らは軍を起こして辺境伯領へ攻め入るつもりだ。

遅いだろうが、今度こそお前を守る。

許してほしいとは思っていない、許されない事をしたのは分かっている。

たとえもう二度と会えなくともお前の幸せを守るために死ねるなら本望だ。

だから、どうか私のことなど忘れて生きろ、クリスティーナ。

願わくば、クリスティーナに幸せが溢れる人生が続く事を祈り続ける。

アンドレア・フィンブル

◇◇◇

手紙には何度も書き直した跡と、所々に涙で濡らしたらしき染みが残っている。

それらから、父がどれだけ苦悩して書いたのかが伝わってきて、視界が涙で滲《にじ》んだ。

手紙の中には後悔や謝罪の言葉が何度も書かれており、やはり決死の覚悟で私へと贖罪《しょくざい》をしようと思っていた気持ちが伝わってくる。

だけど違う。お父様……私は話し合って、私の事を知ってほしかっただけだ。

許さないなんて思ってない。もう二度と会えないなんて望んでない。

私のために死ぬことを、望んでなどいない。

「お父様……死んだら駄目だよ……いかないで」

こんな時に思い出すのは、幼い頃に私の手をずっと握ってくれていた父の姿だった。

夜闇を怖がる私を安心させてくれた笑顔と……私を守るため身を差し出した時の笑顔が重なる。

ようやく懐かしい笑みを見せてくれたのに、ここでお別れなんて……私は嫌だ。

「生きて、もう一度話し合おうよ……お願い。お願いだから」

呟きが虚しく響き、隣に座る母と共に大粒の涙をこぼす。

こんな別れ方、誰も望んでいないよ……お父様。

お願いだから……誰でもいいから。

助けて。

「ティーナ……」

聞こえた声に顔を上げると……そこにはディランが居た。

走ってきたのだろうか、彼は荒い息を吐きながらも、病院の入り口を指さす。

「もう大丈夫だ……皆を、連れてきた」

「え……？」

視線を移せば、続々と大勢の人がこちらに向かってきている。

その先頭にいた人物が、私の前へと駆け寄って膝をついた。

「遅くなり申し訳ありません。クリスティーナ様……」

「ル、ルイード……様」

大臣である彼が……どうしてここへ？

それにディランも、戦後の処理はいったい……

問いかけようとした所で、ルイード様に続いてやって来る人物達に目を見開く。

そこには、見知った王宮の医師達が、医療品を手にしていた。

「ど……どうして……」

「彼らは私の軍と共に来ておりました。そして、貴方の事を聞いて駆けつけたのです。他にも王宮で世話になった皆が……貴方へ恩を返すために動いています」

「皆が……？」

「ええ、王城の衛兵や文官達は戦後処理の手助けをしております。使用人も手当を手伝ってくれております。皆、貴方のために来たのですよ」

ルイード様の言葉に……目頭が熱くなっていく。

皆が、私のために動いてくれていることがたまらなく嬉しくて、涙が止まらない。

「過去に貴方から頂いた恩の数々、王宮の皆を代表して私から感謝を……そしてどうか、貴方の幸せを守る戦いに、我々も助力させてください」

「ルイード様…………ありがとう……ございます……」

涙が止まらない。

皆の優しさに感謝が尽きない。

私のために集まってくれていた彼らが、悲しみを振り払うほどに頼もしかった。

「信じて待とう、ティーナ。きっとフィンブル伯は目を覚ます」

背中に手を添えてくれたディランの温もりに耐え切れず、私は声を上げて泣いてしまった。

隣にいる母も同じように泣いて、私の手を握ってくれる。

子供のように涙が止まらなくて、堪えられない。

嬉しくてたまらなくて、感謝で胸が満たされていく。

今は素直に皆の言葉を信じて待とう。

私が築き上げてきた信頼が、必ず父を救うと信じて……

◆◆◆

暗い屋敷の中で、私――アレクシス・フィンブルは無意識に外へ出ようと扉に手をかける。

『お父様、どこに行くのですか？』

聞こえた声に振り返れば、幼き娘が心配そうに見つめていた。

『少し、外に出てくる』

『行かないでください。お父様……』

涙を見せてこちらに駆け寄ってくる娘は、途中でつまずいて転んでしまう。

思わず駆け寄り、手を伸ばしかけて、その手を止めた。

私に……娘の手をとる資格がどこにある。

この手で突き放し、この口で傷つけた私が、父として振る舞うなど許されるはずがない。

そんな思いが胸を貫いた。私は幼い娘を見つめ、空を切った手を握り締める。

『クリスティーナ、すまない』

『お父様……？』

『もう、お前は一人で立てるはずだ。私なんて居なくても幸せだろう？』

振り返り、再び屋敷の扉へ手をかける。

――これでいい、これが最善だ。

クリスティーナは一人で幸せになる力がある。……私が居ない方が娘のためだ。

そう自分に言い聞かせているはずなのに、扉を開く手が思うように動いてくれない。

まさか……ためらっているのか？

この期に及んで娘の傍に居たいと身体が死を拒《こば》むのか？

『許されるはずがないだろう。あれだけ酷い事をして、娘に許してもらえると思うのか？』

自分に向けて叫ぶ。

まだ父として生きていけると思い上がる自分が腹立たしい。

『私は居ない方が、娘のためになるはずだ!!』

早く扉を開けなくては、そう思い再度扉に体重をかけたときだ。

『違いますよ……お父様』

声が聞こえた。同時に、私の腕が温かな手に優しく引かれた。

振り返れば、いつの間にか大人になったクリスティーナが私の手を握っている。

『何が違うのだ。私など居なくとも……お前は幸せなはずだろ』

『お父様、話を聞いて。私は……死んでほしいなんて望んでない』

娘がこんな事を思っているはずがない。

憎まれているに決まっている……これは私が作った都合の良い妄想だ。

なのに、クリスティーナの言葉に心が揺さぶられて、包まれる手の温かさに判断が鈍る。

私の手を引く娘に、抵抗ができない。

まるで救いを求めるような気持ちで、私はクリスティーナを見つめた。

『話し合ってくれるのか？　こんな……不出来な父と……』

『当たり前だよ。私……ずっと言っていたよ。話を聞いてほしいって』

『……そう、だったな』

『だから戻って、ちゃんと話し合って、私の事を知って……お父様は一人しかいないんだから』

手を引くクリスティーナはまやかしだ。

——そう思うのに。

本当に娘がそう思ってくれているのかもしれないと、希望を抱いてしまう。

『クリスティーナ……私と話してくれるか？　親子として、お前の事を聞かせてくれるか？』

『もちろんだよ。戻ってきて、お父様』

ニコリと微笑む娘を見て、思わず頬がほころぶ。

こんなに笑う娘を見たのはいつ振りだろうか。

記憶の彼方に押し込んでしまう程に、私は娘の笑顔を封じていたのだろう。

この笑顔こそが何よりも代えがたい、最も大事なものだったというのに。

『帰ろう、お父様』

『そうだな……帰ろう。クリスティーナ……』

握り返した手は温かくて……娘を守ると決意した——過去の誓いを思い出した。


意識が目覚めたと同時に、身体に響く痛みで呻き声が漏れた。

瞼を開けば、片手を握っている妻のレイチェルが驚いて見つめている。

そして……

「お父……様」

もう片方の手を握ってくれていたのはクリスティーナだった。

私を見つめるその潤んだ瞳には、以前のように恐れていた憎悪の色はない。

娘と妻を見て、久しく流していなかった雫が瞳から絶え間なくこぼれていく……

再び家族と会えた喜びに、我慢などできるはずがなかった。

「まだ……父と呼んでくれるか？　クリスティーナ」

「そんなの……当たり前だよ。お父様」

涙を流しながら笑う娘を見て、身体が痛むのも関係なく娘と妻を抱きしめる。

私は不出来な父だ。

娘の幸せのためなどと言って、過去の苦労を否定して侮辱の言葉まで吐いた。

許してもらえるとは思っていない、きっと、生涯私は娘を傷つけたことを後悔するだろう。

だが、それでもまだ娘が父と呼んでくれるのなら。

こんなに嬉しい事はない。これほどの生きがいはない。

「ありがとう……クリスティーナ」

神がいるのなら、伝えたい。

もう一度、娘と再会させてくれた事に永遠の感謝を……

そして誓う。

この手は、二度と娘を突き離さない、家族の手を握るだけにあればいい。

この口は、二度と娘を傷つけない、家族と話すためにあればいい。

だからどうか……この命が尽きるまで、娘と共に生きていくことを許してほしい。

後悔・終　(ランドルフside)

「馬鹿な事をしたな、ランドルフ」

冷たい牢獄の中で響いた声は、鉄格子を挟んだライオネス辺境伯のものだ。

厳しい視線を向ける彼から、思わず顔を逸らした。

「王家の処遇が決まった。お前の父は戦争を起こした張本人、逃れようもなく死罪となった……」

「そうか……」

「それと、マーガレットは引き続き、生涯を借金の返済に追われる身となるだろう」

当然の結果だ。

王国中を巻き込んだ我が王家の愚行が、無罪放免で済むはずがない。

ライオネス辺境伯は俺の頷きを見ながら、さらに言葉を重ねる。

「そして、ランドルフ元国王……お前はその一生を強制労働で過ごしてもらう。お前達の身勝手な行いのせいで大勢が怪我をして、亡くなった者もいる。その罪を生涯かけて償え」

「………」

言い返す言葉はない。

ライオネス辺境伯の言ったことは真実だ、俺のせいで大勢を巻き込んでしまったのだから。

ただ気になることがあって、俺は檻の外に視線を向けた。

「新たな王は、どうする気だ？」

「心配するな、王家のお前が居なくとも国の存続は問題ない」

「分かっている。それぐらい……俺が一番、よく分かってる」

こんな不甲斐ない王が居なくなったとて、代わりなど誰にでも務まるのだろう。

クリスティーナを廃妃にした俺以上に、王に相応しくない者はいないのだから。

勝手な思い込みで彼女を傷つけ、挙句に大勢を巻き込んで戦争を起こした。

だから強制労働だろうと、一生を牢の中で過ごそうとなんでも納得できる。

しかし、たった一つだけ俺には望みが残っていた。

「ライオネス辺境伯……お願いだ。最後にクリスティーナと会わせてくれないか？」

「何をする気だ？」

「分かったんだ。俺がすべき事は彼女を再び愛することでも、縋《すが》ることでもなかった。ただ傷つけたことを謝るべきだったんだ。だから今すぐに、謝罪だけでもさせてほしい」

これだけが俺の成すべきことだと思った。

しかし。

「お前は……何も分かっていないな」

鉄格子が叩かれる音が鳴り響く。

ライオネス辺境伯が鉄格子を殴ったのだ。彼の表情は怒りに染まっている。

なぜ怒っているんだ……なにが間違っている？

混乱のまま身をすくませると、深紅の瞳がぎらりと俺を射貫いた。

「今になってそんなことを……！　少しでも心の責任を軽くしようとでもいうのか？」

「っ⁉　ちが……」

「お前がすべきなのはずっと後悔を抱え続ける事だ。今更、許しをもらう機会など与えん！　その身勝手で奪った命や、傷つけた者への責任を抱え続けろ！　逃げる事など許さん！」

……俺は、謝罪さえ、できないのか？

遅かったのか？　何もかも……俺は遅すぎたのか。

謝罪という簡単な答えに辿り着く事ができなかった代償はあまりに重く、心が痛みつけられる。

情けないことは重々承知の上で、檻の隙間から必死に辺境伯に乞う。

「それでも俺は、謝罪をしたいんだ……頼む」

「必要ない。彼女はもうそんな事を望んでいない」

「そんな……そんな……俺は！　俺は！」

ただ謝りたい。

だが、それも許されないというのであれば……

この気持ちは、どうすればいい。

この後悔をどこに吐き出せばいいというのだ。

絶望から沈黙した時、ひらりと檻の中に一枚の紙が舞い落ちた。

「こ、これは……？」

「お前はこれから強制労働施設へと向かう。そこからは二度と出られず、不自由な生活で一生を過ごす事になるだろう。だが、一度だけ手紙を出す事を許そう」

「な……」

「二年後、お前からティーナに一通だけ手紙が送る事を許可する。その一度のみだ。ティーナが受け取るかどうかも彼女次第だ」

与えられた機会に感謝の言葉を吐き出そうとするが、辺境伯は冷たい瞳で俺を見下ろしていた。感謝など要らないと、その瞳が語っている。

「その手紙で謝罪をすることも、後悔の言葉を吐き出すこともお前の自由だ。だが……お前がすべきことが他にないか見つけてみろ」

「俺の……すべき……こと？」

「許されることが正解か？　後悔を吐き出すことが必要なのか？　今度こそは悔いのない選択をしてみろ。二年をかけて考え抜いて、今度こそ彼女が望む選択をしてみせろ」

ライオネス辺境伯はそれ以上言わずに、背を向けて去っていく。

俺のすべき事とは、なんだというのだ。

クリスティーナに送る最後のメッセージなど謝罪しかないはずだろう？

そうに違いない、他になにがある。

答えは出ているのに、俺は辺境伯に言われた言葉を頭の中で繰り返す。

クリスティーナ、俺はどうすればいいんだ。

こんな時にさえ君を頼る俺は……やはりダメな男だろう。

悔いのない選択とはなんだ。

俺が君に最後に送る手紙は、なにが正解なのだろうか。

二年間、考え続けるよ……

君が苦しんできた期間に比べれば、遥かに短いのだから……

最終章　私が手に入れた幸せ

あの戦いから、数か月の時が過ぎた。

私の起こした反乱によって王国軍が投降し、グリフィス王家は完全に崩壊した。

その後、一度はディランによって治める公国としてこの国を編成しなおそう、という声も上がったが、彼はそれを断った。

結果、賢人会議が再度行われて、大臣だったルイード様が国の代表となった。

あの横暴だったランドルフを最後まで御そうとした彼の手腕は、代表となっても発揮されている。

戦乱の後始末が着々と進められて、グリフィス王国は再び平穏な生活を取り戻したのだ。

ランドルフ達の末路は、あえて何も聞いていないままだ。

私の人生にはもう必要がないものだし、聞いたって何も変わらないからだ。

父は意識を取り戻した後、フィンブル伯爵領に戻った。

未だに療養中であり、たまに会いに行っている。

前に比べれば、話す際に笑顔も増えたと思う。

それに他愛のない会話や……お互いについて話すことも増えたと思う。

ようやく戻った日常だけど……唯一足りないこともあった。

「ディラン……いつ帰ってくるの」

彼はずっと戦の後処理に追われていた。

ランドルフ達が起こした軍には囚人兵もいて、彼らはどさくさに紛れて逃走していた。

それらの捜索を彼が主導して行っているのだ。

仕方がないとは分かっているけど、やっぱり……

「寂しい……」

いつもの農場に彼はおらず、屋敷をいくら掃除しても彼は歩かない。

募る寂しさから朝食が喉を通らず、大きなため息を吐く日が続いていた。

一人には慣れていたはずなのに、私はディランと過ごす日々が恋しいと思う程、彼を想っていたようだ。

「クリスティーナ様、よろしいでしょうか？」

「ドグさん……どうしました？」

すると執事のドグさんが、一枚の紙を手にやって来た。

「これは？」

「旦那様からです。クリスティーナ様宛でしたよ」

受け取って内容を見ると、思わず笑ってしまいそうになる。

かつて会話のなかった私達の交流手段だった報告書のように、彼の近況が書かれていたのだ。

そして隅には思い出と同様に、短い文が書かれている。

『こちらはあと少しで終わる。はやくティーナに会いたい』

記憶の追体験をするような、彼の短い手紙。

過ごしてきた今までの日々を思い出し、私も報告書を書いた。

あの時と同じように、私の活動を書いてから……隅にディランに宛てたメッセージを書く。

『私もはやく、ディランと会いたい』……と。

あの頃よりも、ぐっと想いの込めたメッセージを手紙にしたためた。

手紙を送り返してもらい、五日が経った。

しかし忙しいのだろう……まだディランからの返事はない。

寂しいけど仕方がないことだと割り切り、いつも通り農場へと向かう。

道中、居ないと分かっているのに練兵場で思わず彼の姿を探してしまった。

寂しさの中、農場の手伝いを終えて休憩していると、草を踏み分ける音が聞こえてきた。

そして……後ろから聞き馴染みのある声が聞こえてくる。

「ティーナ、ただいま」

振り返ればディランがいた。なぜだか分からないけど涙がこぼれる。

私は自分で思う以上に、彼の事を待つ時間が寂しいと思っていたみたいだ。

「ディラン！」

駆け出して、彼の胸に抱きつく。

寂しさから一気に縮まった距離に、互いの心臓がバクバクと鳴り響く……が。

こんな状況で、彼はぐぅっとお腹を鳴らした。

「っ!?　ディラン……？」

「……ティーナにはやく会いたくて、なにも食べずに来た」

「ふ……ふふ……」

相変わらず可愛らしいというか……本当に彼の好きな所が増えていく。

ちょうどお昼ご飯の後に残していた焼きイモがあり、それを彼に手渡せば喜んでくれた。

私たちを結んでくれた食材を手に、隣に座り合う。

「どうぞ、ディラン」

「ありがとう」

受け取った彼はイモを食べながら、私と手を繋いで遠くを仰ぎ見る。

憑き物が落ちたように、晴れやかな表情だった。

「全てを終わらせてきた。これからは君との時間をもっと増やす」

「嬉しいです、ディラン。でも……その前に焼きイモ分のお手伝いをしてもらいますね？」

「……あぁ、君が焼いてくれるなら、いくらでも働くさ」

冗談だったのに、嫌な顔一つせずに笑うディランが、本当に大好きになっていた。

彼がくれる愛情が嬉しくて、私には勿体ないほどだ。

かつて王宮で焦がれた以上の愛を、彼は私へと向けてくれている。

「ディラン、ありがとうね」

彼の頬に手を添えて、口付けを交わした。

ほんのちょっとだけ、焼きイモの味がして甘い。

だけど無理な体勢だったせいか、倒れそうになった所を彼が手を回して支えてくれる。

「……もう一度、いいか？」

なんて顔を真っ赤にしたディランが聞いてくるので、大人しく頷いておく。

手が首に回されて、今度はさっきよりも長くて甘い口付けを交わす。

唇が離れた後に目を合われば、お互いに顔が真っ赤だった。

なかなか締まらない二人の時間は気恥ずかしくて、だけどなによりも愛おしい。

「支えてくれてありがとう、重くない？」

「むしろ軽い、もっと食え」

口元に押し当てられるイモを食べ、その甘さに微笑む。

この時間が今度こそ、永遠に続くと信じている。

◇◇◇

前王家が起こした動乱から、半年が経った。

非道の元に行われた戦であったが、あれからグリフィス王国は平和へと着実に進み始めた。

ルイード様が、隣国との和平協定を結ぶ交渉を進めているのだ。

そこに至ったのは、私の父と並ぶ防衛力を持つディランを知った隣国が怯えたのがキッカケだ。

さらには、私が起こした反乱も各国に知れ渡ったらしく。隣国は、民や貴族がまとまった統率力に恐れを抱き、侵略するよりも手を結ぶ方が得策だと思ったらしい。

ルイード様から聞かされた称賛に照れはありつつも、認められたことは素直に嬉しい。

隣国と長く続いた戦争の傷は未だ癒えておらず、多くのしがらみはあるだろう。

それでも平和へと一歩進んだことに、嬉しさを噛み締める日々を私は過ごしていた。

「ティーナ……時間はあるか？」

「ディラン？」

ディランがいつものように農場に居た私へ、珍しく真剣な表情で声をかけてきた。

「どうかしたの？」

「君には一人でも幸せになれるだろうが……その」

急にどうしたというのだ？

珍しく真剣な表情をして、いつも以上に言い淀む姿に首をかしげる。

そんな彼は突然、私の手を取ってまっすぐに見つめてきた。

「君の幸せに、俺が居てもいいか？」

「っ……」

するりと薬指にはめられたのは、銀色に輝く指輪だった。

太陽に照らされて輝く指輪があまりに綺麗で、思わず息が漏れる。

「俺は絶対にティーナを離したくない。だからずっと傍にいる権利がほしい」

「……ディラン」

頬を真っ赤に染める彼は……恥ずかしながらも目線を頑張って合わせて言葉を続ける。

「俺の妻になってほしい」

「……もちろん、喜んでお受けします。ディラン」

答えを返せば安堵の息を吐いたディランだけど……私はどうしても疑問があった。

「でも……どうして農場で？」

農地のど真ん中で指輪を渡してきた彼に、思わず問いかけてしまう。

彼はふっと息を漏らして微笑んだ。

「この場所は君らしくて好きなんだ。ここで過ごした思い出こそが俺達を繋いでくれた」

「ふふ、確かにそうですね。それじゃあ……農場に来たついでに手伝ってくださいね？」

「もちろん」

私達の仲は、指輪があろうとなかろうと関係ない。

だから、変わらずいつも通りに過ごすだろう。

とはいえ、嬉しい気持ちは伝えておきたくて彼に抱きつく。

「っ⁉」

「嬉しいよ。ディラン……大好き」

「俺も……好きだ」

「でも、会った時みたいに酷いことを言えば……分かっていますよね？」

「身に染みて理解している。もう君を蔑む者は誰もいないさ」

農場で二人きり、ロマンチックの欠片《かけら》もないだろう。

だけど、青空の下で再び口付けを交わした私達はきっと……だれよりも笑い合って過ごすだろう。

もう誰も、私と彼が掴み取った幸せを奪う者はいないのだから。


それから、私とディランは結婚式を挙げることに決めた。

式の当日、鏡に映る自身のウェディングドレス姿に思わず頬が緩む。

早く彼に見てもらいたい。

そんな私を、父と母が微笑みながら見つめてくれていた。

父の怪我はすっかり治っており、たまに母と共に辺境伯領にやって来ては、私の話を聞いて農場の手伝いもしてくれる。戸惑いながらくわを持つ父の姿は微笑ましかった。

ディランにも似てよく転んでしまうドジな所も、父の新たな一面だった。

すっかり打ち解けた親子関係で迎えた結婚式。父は私を見てボロボロと涙をこぼしていた。

「クリスティーナの晴れ舞台に呼んでもらえるなんて、私はなんと幸せだ」

「お父様……泣きすぎですよ」

「ふふ、アンドレアは昔から涙もろいのよ。それよりも、そろそろ式場に向かう時間ね」

「はい、お母様」

純白のドレス姿を皆に見てもらうのは、どこか気恥ずかしい。

なにせ小さな式の予定だったのに、気付けばルイード様を筆頭に王宮の方々が大勢駆けつけてくれて、とんでもない規模の式となっているのだ。

恥ずかしくて仕方がないけど、彼らが私の結婚を祝ってくれるのはもちろん嬉しい事だ。

緊張と嬉しさを胸に式場へと向かえば、すでにディランが待ってくれていた。

なびく漆黒の髪が美しくて、私を見つけた深紅の瞳が賞賛を漏らすように見つめてくる。

彼の瞳に大きく映るように歩んでいけば、私の手を彼の手が包む。

彫刻のように整った顔立ちから小さな微笑みが漏れて、私を抱きしめてくれた。

会場へと二人で出れば、周囲からは歓声が聞こえて祝福の声に包まれる。

「綺麗だ、ティーナ」

ディランはいきなり皆の前で言うのだから、胸の鼓動が抑えられない。

恥ずかしいけど、集まる視線に顔を熱くしながら私は答えた。

「ディランも……素敵ですよ」

ディランは微笑みながら、私の手を引いて抱き寄せる。

彼の瞳の中に私が見えて、きっと私の瞳の中にも彼だけが見えているのだろう。

そんな見つめ合う状況で、彼は呟く。

「ずっと、君を愛すると誓う」

「私も、貴方を愛すると誓います」

互いに契《ちぎ》りの言葉を終えた瞬間、口付けを交わす。

歓声は最高潮を迎え、様々な祝福の声に式場は包まれた。

「ティーナ……見ろ、これは君が切り開いて手に入れた幸せだ」

彼の呟きと共に、会場の皆へと視線を向ける。

両親は涙を流して、私とディランに絶え間ない拍手を送ってくれていた。

王宮に一緒に過ごしていた皆や、辺境伯領で知り合った皆も同様だ。

皆が私とディランの幸せを、心の底から祝福してくれる事がたまらなく幸せだった。

「ディラン……貴方が一緒にいてくれたからだよ」

「そうか……君の力になれていたなら、嬉しい」

こんな幸せになれるなんて、想像もしていなかった。

側妃時代は思い出すのも辛い。

それでも私の人生が無駄ではないとランドルフに証明するための日々は間違ってなかった。

なぜなら共に立つ彼は、今では誰よりも私を認めてくれる人となってくれた。

式場に集まる皆も、私を想ってくれている。

屋敷を飛び出して髪を切った私に……今の光景を見せてあげたい。

私が側妃として過ごしてきた日々も、廃妃されてからの日々も何一つ無駄ではなかった。

『役立たず』なんて、もう誰も言わないだろう。

強く、強く前に進んだ選択は……やっぱり、何も間違っていなかった。

エピローグ　貴方の答え

ディランと結婚してから、多くの月日が流れた。

「準備はできたか？」

「うん、大丈夫だよ。ディラン」

私とディランは互いの休日で、王都へ出かける準備をする。

普段は忙しくて王都など行けないけど、今日は特別だ。

なぜなら……

「お腹、辛くないか？」

「心配しすぎだよ」

私のお腹の中に、もう一つの命が宿っているからだ。

彼との子で……私達の幸せの結晶だ。

今から産まれてきてくれるのが楽しみで仕方がない。

「せっかく王都に向かうんだ、子供を迎える準備以外に買うものはないか？」

「そうね……農家の方へ肥料を買っていきましょう」

「それもいいが、ティーナが欲しい物はないのか？」

「え……？」

尋ねられて答えに悩む。

考えてみると難しくて、思い当たる物がない。

すでに私は望みがない程に幸せで、欲しい物がないと思える程に充実しているのだ。

だからこそ答えに悩んでいれば、少し白髪の増えたドグさんが私達のもとへとやってきた。

「奥様、お手紙が届いておりましたよ」

「……手紙？　ありがとうございます」

ドグさんが一通の封筒を手渡してくれる。

その差出人に、ランドルフと書かれていて思わず息が漏れた。

見てもいいか？　と聞いてから覗き込んできたディランもわずかに目を瞠《みは》る。

それから彼は、言いづらそうになぜ、このような手紙が届いたのかを教えてくれた。

ずっとランドルフが謝りたいと言っていたこと。それを無視して、二年後に一通だけ手紙を送ることを許可したということ。

「もし君が、二年前にランドルフに会いたいと思っていたなら……余計なことをした」

謝ろうとするディランに首を横に振る。

きっとあの時ランドルフに謝られたとしても、私はどうしたらいいか分からなかっただろう。

だから、二年の月日は私にとっても気持ちの整理をつけるのに良い期間だったかもしれない。

改めて、受け取った手紙に目を落とす。

真っ白だったであろう封筒は茶色くくすんでいて、彼の今の環境を思わせた。

これが、ランドルフと私を繋ぐ最後の手紙となる。

彼に想いが残っている訳ではないが、開くかどうか悩んでしまう。

謝罪や後悔の言葉なんて必要ない、しかしランドルフが二年かけて悩んだ答えはあまりに重い。

「ティーナ、嫌なら見なくても……」

「いえ、これが……本当の意味でのランドルフとの別れですから」

ディランの優しさにこれ以上甘える訳にもいかない。

覚悟を決めて封を開き、中身へと視線を向けた。

彼が二年かけて送ってきた最後のメッセージは――

「……っ⁉」

……ランドルフ。

遅すぎる……遅すぎるけど……私がずっと望んだ答えをくれたんだね。

「ティーナ、大丈夫か？」

彼の問いかけに、静かに頷く。

私とランドルフは、これで本当の意味で別れることになる。

この手紙を最後に、私達を結ぶものは何もなくなった。

だけど彼が送る手紙には……私の新たな幸せを祈ってくれていることが伝わってきた。

手紙には謝罪も後悔の言葉もなく、文字すら書かれていない。

紙にとある物が包まれていただけだ、でも……これで十分だった。

「何か、書いていたのか？」

「いえ……………ただ……」

「ただ？」

「久しぶりに……本を読みたくなりました」

私は彼が送ってくれた物を手に取って……頬を緩ませる。

遅すぎるけど、覚えていてくれたんだね、ランドルフ。

やっと、約束を果たしてくれたんだ。

十年以上前に交わした。私との約束……三つ葉の栞を渡してくれた時の誓い。

『いつか、君への感謝の証として四つ葉を栞にして渡すよ』

ランドルフから送られてきた四つ葉のクローバーを見つめながら、私は微笑んだ。

私はランドルフに『役立たずな妃《きさき》』ではないと証明してみせた。

それを知った彼は、かつての約束を果たしてくれたのだろう。

彼が悩み抜いた末に導き出した答えは、謝罪でも後悔の言葉でもなかったのだ。

かつての約束通り、支えてきた私の人生を認めて……『感謝』の証を送ってくれた。

葉のまま栞にしなかったのは……形に残る物にしないようにという、彼の優しさだろう。

「ディラン、欲しい物ができました。私は王都で本と新しい栞が欲しいです」

「そうか。なら買いに行こう、ティーナ」

「はい……行きましょう」

ディランの手を握り、共に屋敷を出る。

ランドルフ、私は貴方への憎しみは忘れて、この先の人生を進んでいきます。

貴方が約束を果たしてくれたから、もう何も心残りはない。


四つ葉が風に乗って遠くへと流れていく。

澄み渡るような青空の中に、一つの緑が……空の彼方へと舞っていった。

自由に羽ばたく鳥のように、遠くに、遠くに。

果たしてくれた最後の約束は、私の胸の中にある。

それで……十分だ。

さようなら、ランドルフ。

これからも私は胸を張って前に進んでいくよ。

私の人生は無駄ではなかったと……貴方のくれた四つ葉が証明してくれたから。

新 ＊ 感 ＊ 覚 ファンタジー！

Regina レジーナブックス

婚約破棄されて
真の幸せ見つけました!!

今まで頑張ってきた私が悪役令嬢？今さら貴方に未練も何もありません

アズやっこ
イラスト：ありおか

公爵令嬢のリリーシャは国の第一王子ルドゥーベルの婚約者。長きにわたって厳しい王太子妃教育を受けてきた。ある日王子から、自分は平民の女性と「真実の愛」を育み、リリーシャはそれを阻む悪役令嬢だと一方的に婚約破棄される。その後、泣きながら丘で夕日を見ていた彼女はある青年に声をかけられる。丘で会うたび何気ない会話でそっと気持ちに寄り添ってくれる彼に、リリーシャは少しずつ心を許し始め……!?

詳しくは公式サイトにてご確認ください。
https://www.regina-books.com/

この作品に対する皆様のご意見・ご感想をお待ちしております。

おハガキ・お手紙は以下の宛先にお送りください。

【宛先】

〒150-6019 東京都渋谷区恵比寿 4-20-3 恵比寿ｶﾞｰﾃﾞﾝﾌﾟﾚｲｽﾀﾜｰ 19F
（株）アルファポリス　書籍感想係

メールフォームでのご意見・ご感想は右のＱＲコードから、
あるいは以下のワードで検索をかけてください。

アルファポリス　書籍の感想　検索

ご感想はこちらから

本書は、「アルファポリス」（https://www.alphapolis.co.jp/）に掲載されていたものを、
加筆・改稿のうえ、書籍化したものです。

側妃《そくひ》は捨《す》てられましたので

なか

2024年 3月 5日初版発行

編集―古屋日菜子・森 順子
編集長―倉持真理
発行者―梶本雄介
発行所―株式会社アルファポリス
〒150-6019 東京都渋谷区恵比寿4-20-3 恵比寿ｶﾞｰﾃﾞﾝﾌﾟﾚｲｽﾀﾜｰ19F
TEL 03-6277-1601（営業） 03-6277-1602（編集）
URL https://www.alphapolis.co.jp/
発売元―株式会社星雲社（共同出版社・流通責任出版社）
〒112-0005 東京都文京区水道1-3-30
TEL 03-3868-3275
装丁・本文イラスト―天城望
装丁デザイン―AFTERGLOW
（レーベルフォーマットデザイン―ansyyqdesign）
印刷―図書印刷株式会社

価格はカバーに表示されてあります。

落丁乱丁の場合はアルファポリスまでご連絡ください。

送料は小社負担でお取り替えします。


ISBN978-4-434-33505-1 C0093